拯救

中国援非
抗击埃博拉疫情纪实

陈 言 / 著

浙江教育出版社 · 杭州

序

Introduction

可能是因为处在这个特殊的时间节点上，给出版社整理之前已交付的文稿时，总是摆脱不了压在心头的沉重。说不清、道不明的那份复杂的感觉，无法不让自己记下些与本书有关又无关的人和事。

这是一次突如其来的灾难——

庚子年初，新型冠状病毒肺炎疫情爆发。突然之间，人类被迫面临一种未知病毒的凶猛侵袭。

这是一场艰苦卓绝的战斗，这是一次席卷全球的危机。我们身陷其中，无法逃脱。

而历史总是惊人的相似。

从2003年“非典”到中东呼吸综合征，从2014年西非埃博拉出血热到新冠肺炎，历史一再证明，重大传染病是人类面临的共同威胁。新冠肺炎疫情的蔓延，再度告诫人类，地球是一个小小的村庄，人类的命运紧紧相连。此次疫情中，中华民族表现出的临危不惧、豁达胸怀、强大的组织力与行动力，当无愧于世界。

面对重大传染病疫情，从来就有两个战场：一个在医院里，医护人员用自己的血肉之躯铸成了第一道防线；另一个在科学家的实验室里，这里没有硝烟，但在冰冷的器皿和数据背后，是一场更加严酷的较量。

陈薇是本书当之无愧的主角。作为中国工程院院士、中国人民解放军军事医学科学院生物工程研究所所长，陈薇在2014年西非那场战役中，仅仅用了4个月就将埃博拉疫苗推进到临床阶段。这一次面对未知的对手，她再次出击。

2020年1月26日，庚子年农历大年初二，武汉封城第3天，陈薇带领团队乘专机赶赴武汉。原本，她应该在春节前回到浙江的父母家中。但是，她和她的战友们再次与家人失约了。

两天后，陈薇团队与地方公司合作的新冠病毒核酸检测试剂盒通过国家药监局应急审批获准投入使用。

4天后，陈薇领衔的中国人民解放军军事医学科学院帐篷移动检测实验室开始运营。

在疫情最危重的时刻，陈薇带领团队应用自主研发的检测试剂盒，配合核酸自动提取技术，大大缩短了病毒检测时间，加快了确诊速度，为挽救生命争得了宝贵的时间。

17年前，陈薇曾以常人无法想象的勇气、胆识与智慧，在与SARS的较量中赢得先机，她研制出的重组人干扰素ω喷鼻剂成为阻击“非典”的有力武器。

17年后,陈薇再次以常人无法想象的勇气、胆识与智慧,踏上抗击新冠肺炎疫情之路。

因为工作的关系,我结识过很多科学家,但像陈薇这样独特的人并不多见。她的身上浓缩了一部人类与烈性病毒的战争史,生命、死亡、亲情、大爱交织成人生的主题。陈薇其人,英姿飒飒,智勇纯真;与其相交,亦师亦友,为荣为幸。

谨以此书,祝愿新冠肺炎疫苗早日研制成功,祝愿陈薇和她的战友们早日凯旋。

2020年4月1日于北京

目录
CONTENTS

第三章　出征

第四章　交锋

第五章　疫苗

下篇　病毒阻击战

第六章　追踪

第七章　战功

尾声　重回非洲

引子

Introduction

埃博拉河静静地流

岁月不居，时节如流。

2019年元旦的钟声即将敲响，一场纷纷扬扬的冬雪降临北京。电视屏幕上，中华人民共和国主席习近平正在发表热情洋溢的新年贺词。一位朋友从微信上发来一段视频，打开一看，陈言惊呆了！

这是一段俯瞰非洲的航拍视频，飞机沿着大河低飞——从高空俯瞰，大河呈现出赤褐色，波光粼粼，沿途叉出许多河道，夹在狭长的绿色岛屿之间。飞机的影子在墨绿色的森林上移动。蓦然间，群山之后现出一方湖泊——从空中看就像一块巨大的蓝宝石，一种强烈的、难以置信的蔚蓝，你只需凝望上一会儿，就会情不自禁闭上眼睛。飞机靠近，成千上万只火烈鸟飞散开来，形成一个巨大的扇面，恍如初升的太阳放射出万丈光芒。陈言从未见过如此壮观的景象，他不曾知道火烈鸟竟然这样气势如虹。他的手指在屏幕上舞动着，回复了这样一行字：

“你又回非洲了？你就是一只永不停歇的火烈鸟啊！”

发来视频的是中国人民解放军军事医学科学院的陈薇。陈薇带领的团队是埃博拉疫苗的研发者，陈言因三年前采访西非埃博拉疫情而与她相识，手机里至今保存着一张珍贵的照片，那是陈薇在刚果（金）拍摄的刚果河上游一个名叫埃博拉的地方。1976年以前，埃博拉仅仅是一条河流的名称，1976年人类有记录的第一次出血热疫情爆发之后，埃博拉变成了非洲死神的代名词。照片中，赤褐色的埃博拉河在无声地奔流——那里是一切开始的地方。

1976年，埃博拉病毒第一次在埃博拉河两岸现形——这是一种介于生命和非生命之间的物种；它古老——它的存在几乎与地球生命的历史一样悠久；它简单——甚至没有DNA，只有一条单一遗传密码RNA；它神秘——至今为止不断被追踪，却依然来无影去无踪；它冷酷——毫不留情地夺走生命，号称“人命黑板擦”；它无处不在——在水里可以存活三天以上，甚至可以通过气溶胶跨物种传播；它毫无破绽——目前人类依然没有有效药物与之对抗；它占据了人类对病毒分类的最高等级——生物安全四级病毒（艾滋病病毒和SARS病毒均为三级）；它是死神手中灭绝灵长类生灵的致命武器，没有人能够与它们正面对抗——直到2014年的那场交锋。

六年前的战役历历在目。2014年春天，一场突如其来的埃博拉疫情席卷西非三国，数万条生命转瞬即逝，数万个家庭分崩离析，内战结束十年积累的建设成果化为乌有。非洲，青山无言，大河呜咽，那些饱尝苦难的人们在死神的凝视下哭泣与颤抖。

"西方人大多离开了，我们当中有些富人躲了起来，但贫穷让绝大多数人无处躲藏。"塞拉利昂总统科罗马在向世界求援的公开信中写道，他的求助信似乎没有打动太多的人。那个时候，人们见到最多的是西方各国因出现埃博拉输入型病例而纷纷切断西非航线。这时，中国人来了！中国成为第一个向塞拉利昂派驻整建制医疗队的国家！

这是中华人民共和国历史上第一次由国家元首致电慰问并宣布援非重大举措，第一次租用包机运输紧急物资，第一次向海外成建制派出军事卫生力量并建造诊疗中心，第一次输出生物安全P3移动实验室并自主运营，也是我国自主研发的埃博拉疫苗第一次走出国门。在我国综合国力稳步提升的大背景下，中国医疗卫生队伍首次走到世界舞台的聚光灯下，成为全球抗击埃博拉行动中一支不可或缺、举足轻重的力量。

2013年3月25日，习近平主席在坦桑尼亚发表了题为"永远做可靠朋友和真诚伙伴"的重要演讲。习主席用非洲谚语“河有源泉水才深”形象地描述了中非友好交往的历史进程。他说：“中非关系是双方风雨同舟、患难与共、一步一个脚印走出来的。”

中非友谊始于非洲民族解放运动，建立在平等互信的基础之上，历经数十载风雨考验，早已根植于彼此心中。半个多世纪以来，中国的对非政策一以贯之。习近平主席曾说：对待非洲朋友，我们讲一个“真”字；开展对非合作，我们讲一个“实”字；加强中非友好，我们讲一个“亲”字；解决合作中的问题，我们讲一个“诚”字。无论中国发展到哪步，中国永远都把非洲国家当作自己的患难之交。

这次援非抗埃的行动，淋漓尽致地体现了“真”“实”“亲”“诚”四个大字。在疫情最为严重的时刻，2014年9月10日，习近平主席发出了向西非疫区派遣中国人民解放军整建制医疗队奔赴疫区，援助西非抗击埃博拉疫情的命令。短短两小时内，医疗队与检测队集结完毕；短短两天内，几百吨药品与物资筹备到位；短短三天之后，第一批由五十多名中国军人、医生、科学家组成的援非抗埃队伍飞抵塞拉利昂首都弗里敦，打响了艰苦卓绝的抗埃战役第一枪。此后，由中国人民解放军军事医学科学院生物工程研究所所长陈薇主持研发的埃博拉病毒疫苗宣告成功，2015年首次走出国门，在西非疫区第一线进行临床接种。以陈薇将军为代表的援非抗埃队伍充分展示了中国作为一个负责任大国的担当,赢得了全世界的广泛赞誉。

全程见证了中国援塞医疗队所付出的艰辛与努力的中塞友好医院院长卡努表示:“我没有理由不称赞中国的能力和责任心,优秀医生良好的品质,比如敬业、勤勉、守时、有涵养、仁慈、关爱,都可以在每一名队员身上体现出来。是中国医生们无私的行为,挽救了许多危重患者的生命。塞拉利昂的医务人员从中国队员身上学到了很多东西,受益匪浅,这将成为我们永久的财富。”

塞拉利昂总统科罗马在2015年新年寄语中说:“感谢中国医疗队和到场的每一个中国人,感谢你们在控制埃博拉疫情中做出的巨大贡献,塞拉利昂人民是你们永远的朋友。”

联合国秘书长潘基文在给中国常驻联合国代表的致函中说:“中国对非洲各国领导人及世界卫生组织的紧急呼吁做出了迅速的反应,中方所提供的资金、人才和实物资助直接解决了最核心的需求,特别是中国医务人员在现场为缓解当地居民的苦难做出了巨大贡献。感谢中国政府在全球和地区层面为加强国际合作所做出的不可或缺的贡献。”

西非抗埃,中国医疗队万里驰援救死扶伤,传递的是中华民族的无疆大爱和人道主义精神。就在世界卫生组织宣布西非埃博拉疫情结束的那天,几百名从中塞友好医院出院的埃博拉康复者自发从四面八方赶来，他们用无数双手将陈薇高高托起、抛向空中，他们用非洲的最高礼遇向中国恩人致谢与道别。

所谓“大国担当”，所谓“中国精神”，从来就不是一句空洞的口号，它包含了对每一个自己同胞的生命的珍视，也包含了对他国尤其是那些弱国、穷国人民生命的尊重。医者仁心，即便有些国家与我们时有摩擦，但在瘟疫面前，生命平等，生命无价。对非洲朋友，我们始终以“真、实、亲、诚”相待，见他人之难，倾力相助，不弃不辱。

这就是中国的担当与道义。

中国已经站在这样的历史坐标上——言大国，除了国土、人口、实力，更重要的是在世界与人类面前呈现出的使命与意识、责任与担当、真诚与智慧。在这一过程中，国家领袖无疑是决策者、领导者，是国家精神的推进者；功勋卓著的援非抗埃的中国队员们，是当代的国际主义战士，是国家形象的代表，更是中国风范的践行者与传播者；而作为亿万分之一的大国公民，不论医生护士、志愿者、科学家，还是参与这些非凡行动中的每一个普通人，无一不令人感动，他们的表现给了“人类命运共同体”最完美、最生动、最具体的诠释。

“我们将积极推动共建‘一带一路’，继续推动构建人类命运共同体，为建设一个更加繁荣美好的世界而不懈努力。新年的钟声即将敲响，让我们满怀信心和期待，一同迎接2019年的到来。祝福中国！祝福世界！”

电视里传来习近平主席的熟悉声音，语调平稳，却深藏力量。陈言心中陡然升起对春天的渴望，对新的一年生活浪漫的遐想像夜空里突然绽放的礼花，五彩缤纷，冉冉飞扬。陈言情不自禁地点开了视频重播，那一队队火烈鸟中一飞冲天的领头者，它充满豪气地冲在最前面，伸长的头颈像一把粉红色的利剑刺破非洲湛蓝的天幕，翅膀不停扇动着温热的风。它令人感到，大自然和生命的力量无可阻挡，令人激情洋溢。陈言的心陡然热烈起来，他是如此渴望追随着陈薇的脚步，重回非洲……

那片历经战乱与瘟疫的土地，群山脚下饱尝苦难的人，那些来自中国的医生、志愿者，与他们一起冲锋陷阵，勇往直前。无数人和事，无数令人再次感动的细节，像大河奔流中雪白的浪花灼目地闪耀起来……

上篇

西非的防线

第一章

沦陷

1. 西点危机

时间　2014年7月

坐标　利比里亚　蒙罗维亚

尽管早有心理准备，胃里还是一阵翻江倒海。防护面罩之下的一层医用口罩此刻早已被汗水浸透，紧紧贴在口鼻上，陈言感到呼吸越来越困难。

一个看上去只有四五岁大的黑人男孩被身着白色防护服的收尸队员抬了出来。男孩的眼睛没有完全闭上，剩下两个灰白的空洞，口鼻处有血，一根细木棍似的手臂耷拉下来。不知是否还有呼吸，不知他将被送往医院还是墓地。

"让开！"收尸队员用英语向周遭聚拢上来拍照的记者和一群尾随的小孩喊道。

头戴防护面罩的记者们一边匆忙后退一边一次次按下手里的快门。很快，另一个全副武装的"太空人"走了过来，打开一个巨大的黄色塑胶袋，铺平，双手接过那个男孩的腿，两人一起将他放进了黄色塑胶袋里。"唰"的一下，合上了拉链。

在那个硕大的鲜黄色的塑胶袋被搬上救护车前，又是一阵咔嚓咔嚓的闪光灯声响。

救护车呼啸而去，掀起一阵呛人的黑烟。来自美联社的记者低头检查手中的相机，在过去的几分钟里，他大约拍下了上百幅照片，其中一定有一幅能够登上头条——两个如同太空人一般全副武装的收尸队员在一片裸露的红土上将一个口鼻流血的黑人小孩装进一个硕大的黄色塑胶袋，虚化的背景是蒙罗维亚的贫民窟和隔着十米左右围观的人群。他们当中没人戴口罩，面无表情。

这是陈言抵达利比里亚首都蒙罗维亚的三天时间里，见到的第一具尸体。之前建立起的那道心理防线瞬间被击穿。从国外同行那里弄到的防护面罩造成的缺氧让他感到大脑麻木，来不及思考，来不及感受，职业本能让他对着男孩的尸体条件反射式地按动快门。

当时，陈言供职于国内一家新锐媒体。随着"一带一路"倡议的提出，国内掀起了一股"非洲热"，越来越多的中国人来到非洲淘金，此行他的任务是前往非洲几个国家拍摄素材以撰写一组特稿。埃塞俄比亚、肯尼亚和卢旺达的行程都很顺利，西非是他的最后一站。原本打算结束在蒙罗维亚的拍摄后前往塞拉利昂首都弗里敦，在那里他要采访一名来自中国的无国界医生安娜，她在当地一所医院当妇产科医生——除了国家卫生系统定期派出的援非医疗队之外，很少有中国医生自发到西非这么穷的地方来当志愿者。而突如其来的埃博拉疫情打乱了他的计划。

埃博拉病毒最初只是出现在本地新闻的零星报道中，利比里亚北部雨林里的几个村子出现了出血热疫情。这在当地算不上什么大新闻，相比那些不知名的传染病，疟疾才是陈言最担心的问题，据说这种病毒对亚洲人的杀伤力要远大于非洲人。出发前，同事给他发来一则新闻——《一名日本驻非记者死于"脑疟"》。

谁也没想到，埃博拉疫情竟然在短短数周之内就传到了蒙罗维亚，发病和死亡人数不断增加，紧张的气氛开始在城中蔓延。

按照最新的规定，男孩的尸体将被送往临时挖好的"万人坑"。

非洲的青山下，茂盛的植物被临时清除，裸露出红色的土壤。风是热的，吹起浮尘，直入人眼。站在高处俯瞰，很容易让人联想起"地球的疮疤"这样的比喻。一片地势浅平的旷地上，横平竖直地排列着近百个长两米宽一米的深坑，坑底铺着一层厚厚的生石灰，沸腾着，冒着烟。这里就是男孩最后的归宿。

救护车运送完毕后，收尸队和志愿者便将一个个黄色、黑色的裹尸袋放入坑底，铺上一层厚厚的生石灰，再填埋红土。刚开始时一人还能占一个坑，半个月之后，运送过来的尸体越来越多，人们便把排成队的担架抬到坑边，让一个一个僵硬如柴的尸体滑到坑底，差不多是并排躺下，一排躺满之后，开始给他们盖上生石灰，然后盖泥土，但只盖薄薄的一层，因为还得给后来者留下地盘。

没有墓碑，没有墓志铭。他们的名字被登记在一本厚厚的名册上，每个人占一行，上面还有年龄、性别、住址等信息，有些被填满，有些是空白。大多字迹潦草，很难辨认。这是他们留给这个世界最后的痕迹。

这一系列行动都需要人手，而人手永远处于匮乏的状态。越来越多的医护人员感染病毒后倒下或者逃跑，当地医院早已成为人人谈之色变的“毒库”。收尸队、掘墓人等很多都是临时拼凑的志愿者。让人意外的是，这项看起来恐怖而又危险的工作，在整个疫情期间似乎从来都不缺人手。其中的道理想来令人心酸：贫穷，一直就是比病毒更可怕的东西。疫情期间，越是危险的活工资越高。每天6到7美元的“高薪”吸引了一大批人。

对于死亡，非洲人并没有想象中那么恐惧。有时陈言会觉得，这些饱尝苦难的人惯于承受不测之事，对意外变故习以为常，这也许正是他们在如此恶劣的环境下依旧能够繁衍生息的原因。

收尸队的车掀起的烟尘落定，围观的人群也随之散去，妇女们依旧头顶着锅具、被褥、从集市上采购的食物，孩子们踢球，嬉戏声依旧。他们之中极少有人戴口罩。在这里，不用看肤色，从口罩就能轻易分辨人们的身份——那些“全副武装”的通常是国际救援医疗队队员，设备专业而齐全；那些戴着层层口罩的，有临时赶来的记者、志愿者和一些来不及撤离的外籍人士。

丹尼尔·詹姆斯是国际红十字会的志愿者。他是本地人，几年前就加入了国际红十字会，干过翻译、向导、司机、保安、防疫员……各种杂七杂八的活。靠着打零工，丹尼尔获得了一份在当地算得上优厚的收入。过去十几年中，他的“老板”换了一拨又一拨，大部分是来自美国和欧洲的白人，最近几年来自亚洲的黄面孔也逐渐多了起来。他们给他分配活计，按时发放报酬，丹尼尔对自己的生活很满意，直到这一次瘟疫的来临。

在一个叫作西点的贫民区，丹尼尔和他的同伴“收拾”了第一具尸体。当把尸体翻过来时候，尸体“嘶”的一声“吸”了口气——像是窒息许久的人突然呼吸到了空气。所有人都吓坏了！几个队员转身就跑，即便是像丹尼尔这样最有经验的人也从未遇到过这种情况。在国际红十字会打工的几年里，丹尼尔见过不少死去的病患。他早已不害怕死人了，但这一次他还是吓坏了——这具会吸气的尸体，三天前就已经死了。

丹尼尔和他的同伴们开始感到害怕。一场他们从未见过的恐怖瘟疫悄无声息地降临了！

2014年7月10日，丹尼尔被叫到国际红十字会的办公室，合作多年的白人上司，国际红十字会利比里亚疾病控制项目行动的副秘书长，表情严肃地对他说："城里出现了瘟疫，死人越来越多，我想派你去西点干些处置遗体的活，你去吗？"

丹尼尔想了大约5分钟。

"我在那里出生，那里现在还住着我的亲友们，我不能不管他们。"丹尼尔说。

就这样，他成了西点收尸队队长。

丹尼尔带着他的几名同伴到达西点时，那儿就像是战争过后的废墟。

西点是这座海滨都城最大的贫民窟，连绵数里，近10万人挤在摇摇欲坠的窝棚里，上周这里被政府划为埃博拉病毒隔离区。由于严重缺乏医疗设施，不知有多少埃博拉病毒感染者在铁皮棚屋的角落里死去，尸体肿胀，腐烂发臭，散发出数以兆亿计的病毒，继续感染家人、邻居和路过的每一个人。

"政府能做的事不多，除了派人来收尸。"每个人都这么说，每个人都陷入了绝望。

丹尼尔的收尸队通常一天埋葬6具遗体，每人每天能赚取6美元的报酬,这对这个全球最穷国家的居民而言无疑是一笔可观的收入。突然之间,收尸队成了全城最炙手可热的职业,许多人找到丹尼尔希望能加入他的队伍,他总是客气而友好地摆摆手。这事太危险了！比从前任何一次瘟疫都危险。进入西点之前,国际红十字会的人对收尸队进行了培训,他们必须穿防护服、戴护目镜、戴口罩工作,否则会有很大的概率被传染。

干这行,没什么比守规矩更重要的了。而这里最大的规矩就是那条被简称为ABC的条例:不要有身体接触(Avoid Body Contact)。

这也是最难的。刚开始时收尸队不仅要搬运尸体,还被要求从尸体上采集血样,对此丹尼尔已经很专业了。他们穿着红十字会提供的个人防护装备,每次到达现场时,都要先喷洒一遍氯水,就像在农田里给果树打农药那样。给尸体采血时,他像个受过专业训练的科研人员,即便带着厚重的手套也能做到动作干净利落,保证自己的皮肤不碰到死者的体液,同时还能按照要求正确地采到血样。

像丹尼尔这样正规的收尸队全城共有6支,每天穿过那些在内战期间变得坑坑洼洼的公路,在这个拥有150万人口的城市里往返奔波。任务越来越繁重,从最初的每天6具到最多的时候每天要收20多具。采血这个环节不得不放弃,整车的尸体直接被拉往火葬场——为了处理堆积成山的埃博拉病毒感染者尸体，政府不得不临时建起一个火葬场，而此前这个国家乃至整个西非地区从未有过火葬的先例。

“该死！”接到今天的任务时，丹尼尔忍不住飙了句脏话。

云幕低垂，他们穿着笨重的防护服，沿着陡峭的山崖向下来到这个名为石泉谷的地方，走进一个熟悉的铁皮棚。

过去四周他们一共来过四次，每次都从这里拉走一具尸体。最初是一个62岁的老年男性。他记得这家人的姓氏——格维，他有个好朋友也姓格维，因此他对这户人家有了特别的印象。

老格维把病毒传给了他的妻子、儿媳、孙女，这一次死的是他25岁的小儿子，名叫埃里克·格维。四名收尸队员分别抓着埃里克的四肢，将他的尸体从昏暗的房间里拖了出来，装进黑色的裹尸袋。清洗、收殓、消毒后，天开始下雨。

门口有几个人隔得远远地看着他们。格维家28岁的大儿子马尔文·格维也在其中，他的脸因痛苦而扭曲。丹尼尔和同伴们抬着沉重的裹尸袋爬上山崖，有时会停下来喘口气，在湿滑的道路上稳住脚步。马尔文始终跟随着他们，口中悲痛地高呼：“兄弟呀！”他边喊边举起双手，差点摔倒。

“站起来！站起来！”跟在身后的一名妇女朝他吼道，刺耳的哭喊声和啜泣声响成一片，此时脚下的整座石泉谷都已陷入绝望的悲伤之中。

历史上所有的埃博拉疫情，加在一起都不如西非这一次这么严重。这是它首次在一个主要城市里失控蔓延——利比里亚总人口为450万，首都蒙罗维亚占了三分之一。虽然埃博拉疫情在北方的热带森林里出现三个月后才扩散到了蒙罗维亚，但在短短几周内，这座城市就已经成为历史上最大的埃博拉疫情区。每天都有上百人死去，政府公布的死亡人口已经过千了，可世界卫生组织认为真实的数字远不止此。

疫情的爆发让利比里亚政府束手无策，总统埃伦·约翰逊·瑟利夫下令对城里的贫民区进行武装隔离。瑟利夫总统是利比亚里乃至整个非洲历史上第一位女总统，被誉为非洲的“铁娘子”，在国际上拥有极高的声誉。她曾获得诺贝尔和平奖。这一次瘟疫的到来，使瑟利夫领导下的利比里亚经历了一场严重的双重危机。

在首都蒙罗维亚，疫情最早在贫民区中爆发出来，为了防止进一步蔓延，女总统调集军队直接宣布隔离贫民区。这种简单粗暴的做法迅速引起了一场政治危机，反对派闻风而动，蒙罗维亚笼罩在内战结束后未曾有过的阴云之下。

越来越多的人士开始反对隔离贫民区,其中不仅包括许多外国专家,还有瑟利夫政府中的高级别卫生官员。他们对当地的现状心知肚明,军队武装下的暴力隔离漏洞百出,不仅不能有效阻止疫情蔓延,反而会导致流血冲突,事态失控只会助长埃博拉病毒的疯狂传播。

但女总统显然站到了军队一边。军队不仅是隔离措施最强烈的支持方,而且还牵头实施了隔离。持枪军警第一时间冲到西点,拉起警戒线,将数万贫民与城市其他部分彻底隔绝开来。

“求求你了！给我们点吃的！我们没有水!”瑟利夫总统去探访西点隔离区时,一名抱着孩子的妇女朝着她大喊。全副武装的警卫一圈一圈地围在她的周围,最外层的警卫挽着手臂,戴着防护面罩,组成一堵密不透风的人墙。

新闻报道里,贫民区的冲突一天比一天严重。随着死亡人数的增加,事态开始升级,西点正在酝酿一场更大的危机。

“放我们出去！我们要出去!”越来越多的人群开始高喊,“食物!”“水!”“自由!”喊声震动了整个城市。

成百上千名年轻男子开始组织起来,试图冲破军方设置的路障。为了将他们驱赶回去,军队朝人群开了枪。

“哒哒哒!”

AK47的枪声骤然响起，一名15岁的男孩卡马拉中弹身亡。无辜的男孩成为这场危机的第一个牺牲品。枪声没有驱散愤怒的人群，更多的人从贫民区的各个角落蜂拥过来，他们抬着卡马拉的尸体，一波又一波地冲击荷枪实弹的军警组成的人墙。枪声不断响起，又有人倒下……人们愤怒地呐喊，挥舞着手臂，扭曲了面孔，妇女们跪在地上，仰天哭嚎，这场危机终于演变成近二十年来利比里亚最严重的内乱。

直到老天下起了几天几夜的瓢泼大雨，这场严重的骚乱才暂时平息下来。

绝望的情绪占据了西点贫民区。越来越多的人开始想方设法跑出来。有人开始买通守卫，军警们很吃这一套，他们还会看人要价。威利是当地一家高档酒店的服务员，一天深夜，他带着家人悄悄靠近了隔离区路障，军警们举起枪对他们高声警告："回去！全部退回去！"威利朝他们挥舞了一下手里的钞票，很快他们的口风就变成了"你有多少钱"。一番讨价还价，威利和另外一名成年男性每人缴纳了8美元，他的妻子被收了6美元，他的儿子只交了4.5美元也被放行了。出去之后，他们住到了距离西点只有几条街的一个窝棚里——在外面他们至少还能弄到水和食物，能够活下去。

然而，像威利一家这样的毕竟是少数。隔离区里更多的人一分钱都拿不出来，吃饭喝水都靠慈善机构的救助。每天有近十万张嘴要吃饭，国际红十字会的救援物资很快就捉襟见肘了。成千上万的人挤在一起，密密匝匝排着队，等待领取救助机构发放的大米和水，年轻力壮的男人总能挤到前面，他们推推搡搡、汗水四溅、唾沫横飞，一个老人试图插队，结果被一群人痛打，衣服被剥下，趴在马路中间，小便失禁，鲜血淋漓……这种场景每天都在上演，西点几近沦为丛林法则统治下的人间炼狱。

在局面彻底失控之前，陈言拿到了一张飞往北京的机票。越来越多的航空公司开始关闭蒙罗维亚的航线，机票价格被炒到十倍以上依旧一票难求。陈言的老板动用了自己丰富的人脉资源，好不容易把他弄回了北京。

满员的航班在蒙罗维亚机场腾空而起，陈言把头贴紧舷窗。下面是向远处延展的群山，青黑色的林莽在靛蓝的苍穹下格外沉静。脚下是非洲特有的灰绿色的草原，野生动物聚居之所，河流在其中蜿蜒而过，起伏绵延数百公里，与山脚相连。其间错落着一块块金色的玉米田，浓绿的大麦和牧草地，浅蓝色的炊烟在田间升起。陈言从未见过如此奇景，他不合时宜地想起一句古老的西方谚语：

“这片美丽而丰饶的土地上，每平方英里都有1000个悲剧。”

2. 三境蔓延

时间　2014年7月

坐标　塞拉利昂

没有人知道为什么在蒙罗维亚埃博拉疫情会以如此惊人的速度蔓延。很快，疫情扩散到了塞拉利昂和几内亚——本次疫情最重的另外两个西非国家。

凯内马，塞拉利昂东部重镇，在塞拉利昂的地位大约相当于中国的上海。凯内马与利比里亚、几内亚两国接壤，连绵的青山沿着边界线蜿蜒而过，边境贸易给这座雨林脚下的城市注入了活力。长久以来，这里的人们习惯于跨越边境谋生。

2014年3月中旬，居住在利比里亚的德瓦接上住在几内亚境内的姐姐芭塔，将生病的她带到了利比里亚的一家医院。3月20日，芭塔死在了这家医院。在人们最终意识到芭塔就是死于埃博拉出血热时，这种幽灵早已乘坐摩托车，沿着尘土飞扬的山路，悄无声息地潜入了塞拉利昂。

2014年5月26日，一个发着高烧的年轻妇女被送入凯内马政府医院，她刚刚因流产失去了自己的胎儿。后来的调查证实，这个在所有资料中被称为“女患者”的妇女成为塞拉利昂有医疗记录的第一例埃博拉感染者。溯源调查发现，病发前，她在边境线附近的一个小村子里出席了一个医师的葬礼，与她一起参加葬礼的先后有13人感染了埃博拉病毒。

一位叫作穆巴鲁·方妮的护士接收了她。方妮是凯内马政府医院的护士长，多年的职业训练让方妮成长为当地极其缺乏的专业护士。有人说方妮护理过的出血热患者比世界上任何人都多，因为这个城市是有名的拉沙热高发地区，而方妮在这方面的经验几乎无人能及。

但这一次，方妮失误了。彻底失败了。

方妮见到这个刚刚失去腹中胎儿的年轻母亲时，发现她高热不退、腹泻呕吐、咳嗽胸痛——这些都是拉沙热的典型症状，特别是还在出血的产道——拉沙热在妊娠期尤为严重，绝大多数孕妇感染后都逃脱不了流产的厄运。

“又是该死的拉沙热！”方妮丝毫没有想过是不是还有别的可能——比如说正在邻国肆虐的埃博拉疫情。这看起来是方妮的错，但其实并非方妮的错。这里的传染病太多了，如果不是造成了极其严重的后果，一般不会引起人们的重视。相比此刻还不为人知的埃博拉出血热，方妮和她的同事们更在意的是拉沙热、疟疾等常见病，毕竟就在几年前，这里爆发的一次霍乱就夺去了300多条人命。

如同对待以往成千上万个拉沙热病人一样，医院按照处置拉沙热的常规程序接收了这名妇女。配合医生的治疗方案，方妮和同事们在没有采取防护措施的情况下对病人进行了护理。她们仔细擦洗她的出血部位，清理她的呕吐物，有时只戴一层普通的医护口罩和一双反复使用的橡胶手套，有时什么都不戴。方妮不断安抚病床上挣扎的女人，对她的康复充满了信心，毕竟拉沙热虽然令人痛苦但并不致命。然而这一次，方妮没有等来病人出院时回报给她的感激的笑容——入院三天后，年轻的妇女死在了病床上。再过了三天，方妮也出现了与之同样的症状，随后在自己工作了几十年的地方，永远离开了亲人和同事。

真正令人惋惜的是，直到那时，塞拉利昂护理水平数一数二的护士的去世都未能引起人们足够的警惕。方妮生前工作敬业，人缘很好，为了纪念这个帮助过无数病患的人，医院和家人为她举行了隆重的葬礼。按照非洲传统葬礼的习俗，人们在与方妮告别时，在她的尸体上不停地抚摸、拥抱，深情地亲吻，借此表达对死去的人最后的留恋。没有人会想到，死神会用一种可怕的方式降临，降临到每一个触摸过方妮的人的身上。

几天之后，整个护士队伍遭了殃，接下来是整个医院——一大半人死去，一小半人逃亡。其中包括埃博拉出血热首席专家舍克·汗，在从埃博拉出血热手里抢救下100多个人的性命之后，他也不幸感染身亡。

消息传出，整个塞拉利昂东部陷入了恐慌，人们惊恐地发现，一种比过去所有病毒都更恐怖的"终极武器"出现了！这种病毒疯狂地吞噬人命，死神用一种人间未曾见过的残酷方式告知世人："不要试图救治！所有救人的人不仅将献祭自己的生命，同时还将成为死神的门徒，将死亡扩散到更广阔的地方。"

死亡本身并不是最可怕的，最可怕的是绝望之下的慌不择路。

7月底的一天，凯内马城富人区里一所漂亮的房子里的女主人开始发烧，在排除了伤风感冒等其他可能导致发烧的因素后，一个恐怖的意识再也压抑不住，沿着她的血管与神经蔓延，最终牢牢攫住了她不住发抖的身体：

"是埃博拉病毒！"

"我要死了！"

"不！我不能死！"

"我不想死！"

"怎么办？谁能救救我？！"

"去弗里敦！去全国最好的医院！"

她很有钱，有车、有司机，这使她能够在很短的时间里从东到西横跨两三百公里穿越整个塞拉利昂；她很年轻，良好的免疫系统让她在刚开始发病时能够跟埃博拉病毒对抗上一阵。她的优势为她争取了时间,也为反抗死神预留了时间。

片刻也没有耽误,路上没有遇到一丝阻碍,她就这样毫无障碍地闯入了弗里敦,闯进了代表塞拉利昂最高医疗水平的塞中友好医院,闯进了中国医生的门诊接待处。

3. 自由城沦陷

那是2014年7月的最后一天，塞拉利昂正值雨季。

虽然位于赤道地区，但大西洋季风带来了充沛的降雨，塞拉利昂的夏天气温常常保持在20℃左右，凉爽宜人，正是一年中最好的时节。首都弗里敦，意为“自由城”，位于大西洋温暖的海湾之间，终年绿树成荫，鲜花盛开。这里有条件良好的酒店，有全世界最长的原生态海滩，有热情好客的非洲土著，还有狮子、花豹等野生动物，吸引了来自全球各地的探险家和旅行达人。

不论你来自何方，到这里的人，都会去观赏市中心一棵巨大的木棉树。它矗立在市区中心道路的交叉口上，三十多米高，十几抱粗，虽逾五百年，依然苍劲挺拔，枝叶繁茂。这棵木棉树是弗里敦的象征，塞拉利昂的纸币上印着它的剪影，当地小学生作文比赛常以“我与木棉树”为题。据说，这棵古树下，曾经是西方殖民者贩卖黑人时集合黑奴的地方。

那时的屈辱早已化为烟尘，消散在咸湿的海风中。现在的人们在木棉树下起舞，在路边的酒吧里喝着啤酒，呼吸着自由之城的空气。如果你抬眼望向海洋，你能看到海潮扑撞着礁石，海鸟张开两翼，在蓝绿色的水面上盘旋，一对对年轻的男女肩并着肩，站在洁白的沙滩上，女孩们高高地拉起裙角。向东望去，可以看见这座城市的景色，看到漂亮的海景别墅和城中贫民区明晃晃的铁皮屋顶，群山参差，满目青黑，年复一年，泉水在山中奔流不息。

一切如此美好。没有人谈论邻国的埃博拉疫情，仿佛那是另一个时空里的故事，与人们隔着一部科幻电影的距离。

此刻，在距离这棵木棉树不远的地方，一栋欧式建筑小楼里响起一阵急促的电话铃声。工作人员向正在官邸宴请塞拉利昂外交部部长的中国驻塞大使赵彦博附身低语了几句，赵彦博眼神里掠过一丝紧张。多年的外事经验让这位成熟的外交官很快镇定下来，他起身向尊贵的客人鞠躬致歉，随即向身旁的妻子轻声交代："使馆来电，我去处理一下，你照应好客人。"

出了宴会厅，赵彦博抢了几步，一路小跑赶到电话旁抓起话筒："说，到底什么情况？"

一阵令人窒息的安静。

“什么?!埃博拉?!能确定吗?多少人与患者接触?”

“一共17个。我们的人有7个。第一个接触的是一个刚来不久的新人,一个山东的护士,没经验……”

“不要再说了!你马上通知医院,所有接触过患者的人全部隔离!立即隔离!”

赵彦博打断对方的话,第一时间下了命令。

情况万分紧急,但赵彦博的处置异常果决,处乱不惊。尽管到塞拉利昂走马上任不过几个月时间,各项工作还未完全展开,但多年在非洲工作的经验让他能够第一时间意识到事态的严重,并迅速找到正确且高效的解决方案。

“出什么事了,大使先生?”塞拉利昂外交部部长看到回到宴会厅的赵彦博脸上绷紧的神色,不安地问道。

“埃博拉来这里了。中塞友好医院刚刚接诊了一个埃博拉出血热患者,我刚刚下令隔离医院,隔离所有接触过的人。”

“啊!我立即回去向总统先生报告。”塞拉利昂外交部部长说完,转身出了使馆。

“别担心,一切都在控制之中。”赵彦博用力握了一下妻子的手,她的手有些发凉,手心里冒出细细的汗珠。

早在上任之初,赵彦博就注意到了邻国几内亚的疫情。中几友好医院深陷埃博拉疫区,在几内亚政府向全国宣布埃博拉疫情的数天之前，几个发烧病人闯入了这家医院，中国的医生完成诊治后不敢掉以轻心，立即按照应对埃博拉病毒的方案采取了全面隔离并自我隔离的防疫措施。正是他们的果断处置与快速反应，才避免了一场更大的危机，他们保全了这座中国援建的、当地最好的医院。

用几内亚卫生部部长的话说："他们救了我们半个国家。"谁也无法想象，若这个拥有300张病床、几百名医护人员、日常接待上千名患者的医院在毫无防备的情况下与埃博拉病毒正面接触并相互传染，这些人再回去、回到当地的村庄里、别的城市里甚至别的国家，其结果会是怎样。埃博拉病毒的传播是以人类无法想象的速度进行的，几分钟、几个小时甚至一天，就可能决定一个村庄、一个城市乃至一个国家的命运。48小时的提前量足以拯救半个国家，这句话一点也不夸张。

但邻国的疫情并没有让塞拉利昂人感到危险的迫近。5月，赵彦博与塞拉利昂卫生部部长初次会面时就提醒过她要注意加强对几内亚疫情的边境管控，那位女部长友好地回应说，他们十分感谢中国友人的善意。但事实上，即便埃博拉病毒已经潜入国境蔓延到了塞拉利昂东部省份，都没能引起这个国家政府高层的足够重视。"我们的人民还处于饥饿之中，解决他们明天的吃饭问题才是我们的头等大事。"这是与非洲政府官员打交道时赵彦博最常听到的一句话。

直到2014年7月31日，埃博拉患者第一次出现在首都弗里敦中塞友好医院，离他们的总统府仅有一小时车程的地方，事态才开始急转直下。

埃博拉病毒仿佛火山爆发一般无法遏制。一夜之间，除了中塞友好医院报告的一个确诊案例，整个城市又冒出了几十名疑似患者，其中包括总统卫队中的一名成员。这一次，塞拉利昂政府总算显示出了其运作的效率。当天晚上，总统科罗马通过电视屏幕向全国宣布进入“公共卫生紧急状态”，要求所有民众“采取更积极的手段应对埃博拉疫情”。同时取消了原定飞往华盛顿出席美非首脑会议的行程，改为飞往邻国几内亚，与埃博拉病毒原发地总统孔塞会面，商讨阻止疫情进一步扩散并争取国际援助的措施。

科罗马总统在告全国人民书中特别强调，他将派遣军队支援各地医疗和卫生部门展开工作，对所有发现埃博拉疫情的医院、村落和每个家庭都将采取隔离措施，军队将入户搜查住房，搜寻疑似病患。同时还宣布禁止所有公开集会，政府官员被要求取消所有海外行程，而且这些措施的最初实施时间为60到90天。

如此紧张且严峻的局面，是塞拉利昂自内战结束后不曾有过的。对此，塞拉利昂政府也祭出了有史以来最为严厉的“国家行动”。

后来的事态发展也证实，2014年7月31日是整个西非埃博拉疫情的转折点，正是从中塞友好医院报告了第一例埃博拉病例并与之首次正面交锋的这一刻起，埃博拉疫情掀起了一场人类始料未及的血雨腥风，人类与病毒史诗级较量的帷幕也自此拉开。

第二章

病毒

1.《血役》之外
2.“人命黑板擦”
3. 死亡家族

1.《血役》之外

1980年，东非，埃尔贡山。

1980年1月，即便在赤道横贯东西的非洲国家肯尼亚，那也是个寒冷得有些反常的冬天。一个叫夏尔·莫内的法国人的死讯给这个平静的东非小国投下了一颗“炸弹”。

莫内五十多岁，中等身材，有一头棕褐色的直发，独自居住在埃尔贡山脚下的一座小木屋里。他没有什么朋友，当地人只知道他在附近的一家种植园工作，负责维护用来抽水灌溉的水泵。

莫内离群索居，不喜欢人群，却常常独自走进神秘的埃尔贡山。据说元旦那天，他去过埃尔贡山里一个满是蝙蝠的洞穴。但没有人知道那天在那里究竟发生了什么。

埃尔贡山，这座孤零零的巨大死火山紧邻东非大裂谷，海拔四千多米，山势陡峭，森林繁密，多溪流瀑布，最博学的生物学家也说不清这里究竟还藏着多少不为人知的物种。非洲雨林是个被现代世界文明遗忘的角落,时间在这里也放慢了脚步。

莫内感染的病毒,后来被认定为生物安全四级——人类对病毒危险性划分的最高等级。

见过莫内的医生永远也不会忘记眼前的景象——只要见过的人此生都将活在那个恐怖场景的阴影之下。以至于几十年后再提起,他们依然会倒退几步,猛眨眼睛,就像见到了变色的异域太阳。

通常来说,接触这种病毒后的第7天,患者会开始头疼。在探访了埃尔贡山里的一个神秘洞穴之后的第8天,也就是1980年1月8日,莫内感到头阵阵隐痛。他决定请假休息一天。然而,他的头疼越来越厉害,太阳穴突突直跳,阿司匹林也不管用,紧接着他的背开始剧痛。头疼后第三天,他开始高烧、恶心、呕吐。呕吐越来越严重,最后变成干呕。这时候他整个人变得冷漠迟钝,面部神经逐渐失去对肌肉的控制,整张脸变成了一张毫无表情的面具。眼珠仿佛凝固在眼窝里,变成了鲜红色。身体的皮肤开始发黄,有显眼的红斑。镇上一家小医院的医生检查了他的病情,推测是某种细菌感染,给他注射了抗生素,但无济于事。

医生建议他去内罗毕医院,那是整个东非最好的医院。那时候莫内还能走路。他买了票,登上了飞往肯尼亚首都内罗毕的航班。

由于人类文明的高度发展，来自热带雨林的危险病毒可以在24小时之内乘飞机抵达地球上任何一个城市。航空线路连接了全世界所有重要的节点城市，并构成网络。病毒进入网络之后，一日之内就能飞抵北京、上海、纽约、伦敦、巴黎、东京……莫内带着他体内的那种生物进入了这个网络。

他搭乘的是一架小型飞机，额定乘员只有35人。不过非洲航班通常都是满员，这个航班也不例外。飞过雄伟的埃尔贡山，飞过蕴藏着无数秘密的雨林，飞过“地球的伤痕”东非大裂谷，飞过茅草屋顶的村庄、铁皮屋顶的城镇。从机舱里望出去，可以俯瞰这个人类文明最初诞生的地方。

莫内开始晕机。他用呕吐袋捂着嘴，剧烈的咳嗽从肺部深处出来，呕吐物很快充满了纸袋。边上的人发现他整个脸都变成了青紫色，面部肌肉下垂，脸皮仿佛脱离了颅骨一般耷拉下来。他不停地呕吐，虽然胃里早已什么都不剩。他开始吐黑红混杂的浓稠液体，血腥味顿时充满了整个密闭的机舱。

这个袋子里装的东西后来有个专门的学名，它满载病毒，感染性极强，高度致命。

呕吐袋装满了，莫内合上纸袋，折起袋沿，纸袋鼓胀，泡得发软，随时都有可能撑破。他把纸袋递给了乘务员。

危险病毒在宿主体内增殖时，病毒会渗透身体的每一个部分。生物学家日后解释说，这个过程叫作“极度扩增”。极度扩增到最高峰，一滴患者血液中就有数以亿计的病毒。换句话说，病毒占领了宿主的躯体并且正在将宿主的躯体转化成它自身。然而转化的过程不完全成功，结果制造出大量混有病毒的血肉，这大概能看成一场“生物事故”。此时在莫内体内发生的就是这样一场事故。

莫内越来越像一具僵尸了。他的血液正在身体各处凝结：肝、肾、肺、肠胃、四肢、大脑，全部塞满了凝结的血块。他甚至不能感知到疼痛了，大脑内组织和细胞正在液化，意识等高级功能首先被磨灭，只剩下脑干深处的区域还在工作。

飞机在肯塔雅国际机场降落时，莫内动了动。他居然还能走路。

他站起身，鲜血滴落；他走下舷梯，衣服上沾满血迹；他没有行李，他的行李全部在他体内，是极度扩增后的无数病毒。他已经变成一颗行走的人体病毒炸弹。

没有人知道他怎么搭乘出租车来到医院的。据医院的幸存者回忆，莫内的最后阶段是在候诊室里度过的，他看起来一直很平静，直到最后爆炸的一刻——

随着一声痉挛般的呻吟，莫内口中喷涌出巨量血液，泼洒在地上。他瞬间失去知觉,向前扑倒在地。房间里只听得见他喉咙里的哽咽声。他陷入昏迷,但还在继续呕出血液和黑色物质。这时响起一阵肉体撕裂的声音,大肠完全打开,血液从肛门向外喷射。血液里混着肠壁组织。他在排泄自己的内脏。

人体病毒炸弹终于引爆。

以上是美国作家理查德·普雷斯顿畅销书《血疫》中的情节,作家用生动的笔触还原了人体从感染丝状病毒直至最后死亡的全过程。

当时人类对埃博拉病毒的认识还十分有限,正如由此创作的文学、影视作品也相当稀少,流传最广的当属这部《血疫》。这本描写埃博拉病毒缘起的书取得了巨大的成功,长踞《纽约时报》非虚构类畅销书榜首达61周。作者普雷斯顿也因此获得了美国疾病控制与预防中心颁发的"防疫斗士奖",他也是有史以来唯一以非医师身份获奖的得主。

莫内在现实世界中并不存在,他是普雷斯顿虚构出来的人物,但他的存在就像一颗来自雨林深处的飞弹,不仅准确击中了内罗毕医院,直接毁灭了这家医院与他有过直接接触的多名医生,还击穿了病毒与世界之间的最后一道屏障。后来科学家在其中一名医生的血样里终于确定了一种可怕的东西——马尔堡病毒。

马尔堡病毒，来自非洲，却有个德国名字。以前病毒通常根据第一次发现的地点命名。马尔堡是位于德国中部的一个古老的城市，病毒在当地的一家制药厂被发现，他们定期从非洲进口猴子，用猴子做实验，研发生产疫苗。开始时只有两三只猴子“崩溃并流血致死”，很快，马尔堡病毒跨物种传播，突然在城区人口中显形。

第一个死亡的是负责喂养猴子和清洗猴舍的人。患者感染病毒之后7天开始头疼并迅速恶化，高烧，剧痛，喷吐鲜血，消融内脏。短短几天内，马尔堡的人们以为末日降临。而最后的统计数据令人稍感安慰，在感染病毒的31人中有7人死亡。马尔堡病毒在杀死了四分之一的感染者后消失得无影无踪，和人类历史上的几次病毒大爆发事件一样，它们如同幽灵，来无影去无踪，至今无人能解释它们为何没能持续蔓延。

马尔堡病毒是人类发现的第一种丝状病毒，状如细丝。丝状病毒之间外观相似，但和地球上其他病毒都不一样。绝大多数病毒呈现球形颗粒状，而丝状病毒却犹如头部缠结的绳索，以至于中国媒体在报道时常常把它们比喻成“如意”，而实际上，它们更像一条条毒蛇。

后来，科学家确定丝状病毒科仅有两种属——马尔堡病毒和埃博拉病毒。

现在，主角终于出场了。

2. “人命黑板擦”

埃博拉病毒与马尔堡病毒就像一对姐妹，它们都来源于非洲群山深处，感染后患者症状相似。马尔堡病毒的致死率为25%，已知的一种埃博拉病毒（扎伊尔埃博拉病毒），对人类的致死率达到了惊人的90%，100个感染者中有90人难逃一死。

你说，埃博拉像不像“人命黑板擦”？

埃博拉病毒因埃博拉河而得名。埃博拉河是蒙加拉河的上游河源，是刚果河（又称扎伊尔河）的支流。它流经雨林地区，蜿蜒穿过星罗村庄，滋养着这片土地上的所有生灵。

埃博拉病毒第一次为外界所知是在1976年。那一年，埃博拉病毒在非洲爆发了两次，相互独立，但几乎同时发生：一次是在扎伊尔北部（现刚果民主共和国），一次是在苏丹南部，两地相隔500公里。一种致命病毒在埃博拉河两岸十几个村庄内突然爆发，毫不留情地杀死了九成的感染者。

第一名有记录的感染者叫玛巴罗，男性，44岁，扎伊尔当地村落的一名教师。1976年9月，在一个潮湿闷热的夏天，被发现七窍流血地死在了自己位于杨布库的家中。按照当地的习俗，人去世之后，女性亲属要亲手脱去他的衣物，再用温水擦拭身体。由于教师的身份，玛巴罗在村庄里享有很好的声望，他的葬礼简朴而隆重，村子里几乎所有人都聚集到他身边，人们排着队抚摸他冰冷的皮肤。一周之后，人们惊恐地发现包括他的亲属和给他诊治过的医生在内的21人出现了同样的出血症状，最终他们中18人死去，仅有3人勉强活了下来，在虚弱和疼痛之中呻吟。人们被吓坏了，许多人开始逃离这个仿佛被死神诅咒过的村庄。他们撑着木筏，沿着埃博拉河顺流而下，在沿途看起来安全而平静的村落暂时安定下来。

玛巴罗是世界上第一个确诊死于埃博拉病毒的人。这个高危毒株从他身上辐射出来，先是像炸弹似的击中医院——杨布库村里的一家小型教会医院，那里的卫生条件十分简陋，护士们每人每天平均只有5支针头，却要把它们反反复复地扎进约500个患者的身体之中。严重的交叉感染使得病毒像链状闪电似的击穿所有被感染者的家庭，随后病毒便沿着埃博拉河一路向东，迅速扫荡了包括杨布库在内的46个村庄，358人发病，325人死亡，死亡率高达90.7%。

与此同时，在距离杨布库约500公里的苏丹南部一个叫恩扎拉（Nzara）的村庄里，也几乎同时爆发了一起类似的出血热疫情。这里的情况稍微好一点，近300名患者中有151人死亡。相对恐怖的扎伊尔病毒，这种病毒的致死率为50%，但专业的流行病学家似乎感到这种病毒具有更"高效"的传播力，他们开始担心这种病毒一旦扩散，非洲东部情况有可能彻底失控——几周内就会到达喀土穆，再过几周将攻破开罗，紧接着抵达雅典、巴黎、伦敦、纽约、北京——它有可能传遍全世界的每个角落。

但这种事终究没有发生。由于尚不清楚的某些原因，疫情渐渐平息，病毒随之消失，苏丹南部的危机很快结束，全世界绝大多数人对此甚至毫不知情。扎伊尔和苏丹发生的事情相当于在雨林深处秘密引爆的一颗原子弹。我们永远也不会知道人类离下次重大生物灾难有多远。

后来传染病学家猜测，也许是因为这种病毒的致死率太高了，杀人的速度太快，没有留下足够的时间让患者在死前去传染其他人。另外一点，这种病毒无法通过空气传播，无法引发大规模的灾难。

总而言之，扎伊尔和苏丹的埃博拉病毒在非洲中部杀死了几百人之后，势头就像熄灭的火焰，只留下一团灰烬。这种病毒不像艾滋病毒，在全世界蔓延，仿佛煤矿里的大火，很难被扑灭。埃博拉病毒退回非洲雨林里，毫无疑问直到今天还在那里存活，它在某种宿主（科学家猜测最有可能就是非洲的一种蝙蝠）身上循环复制，改变自己的结构，突变成另一种新病毒，伺机以新的形态进入人类这个物种体内。

1976年爆发的两次疫情，在时间上几乎同时，在空间上仅仅相隔500公里，在刚开始的很长时间内，人们通常称之为埃博拉病毒的现身。但后续的深入研究表明，扎伊尔和苏丹疫情的病毒毒株并不相同，扎伊尔的毒株毒力较苏丹的毒株强1000倍，致死率达到了令人匪夷所思的90%，但苏丹的病毒传播性显然更强。20年后，直到基因测序技术成熟之时，人类才终于证实了这两种毒株的基因序列并不相同。严格来说，他们属于埃博拉病毒的两个不同的种，而非一个种分类下的两个亚型。

3. 死亡家族

截至目前，人类共发现了包括扎伊尔和苏丹发生的在内的五种埃博拉病毒。1976年在非洲雨林深处的两次爆发，除了一小部分专业学者，非洲之外的大陆对它们并没有过多的了解，直到13年后在美国本土爆发的弗吉尼亚危机。

1989年秋，美国弗吉尼亚一个叫雷斯顿的小镇上，一家生物制药公司的安全事故打破了这里近百年的平静。这家公司通常从亚洲进口猴子等野生动物用于药物研发，尽管人们偶尔会在它气派的大门前发现几个激进的动物保护者的“小型示威”，但绝大多数人总是毫不犹豫地站在生物制药公司这边。人们从未怀疑过这就是这个世界运作的规律——人类健康事业的进步总要付出代价：巨额的金钱、极大的人力、漫长的时间，还有那些必要的实验动物，从豚鼠、狗到与人类同为灵长目的猴子。

这一次，这家公司从菲律宾进口了100只野生食蟹猴，接收时工作人员发现两只猴子死在了狭小的笼子里，起初这并未引起足够的重视——毕竟跨越了半个地球，从东亚的雨林里远道而来的猴子多少都会有些水土不服。直到第29只猴子死亡，公司高层开始意识到事情有些不对劲。他们组织人员对死去的猴子进行采样，并将样本送到美国陆军传染病研究所进行检测，后经美国疾病预防控制中心复核，证实为一种类似埃博拉病毒的感染。

埃博拉病毒家族的第三名成员从此在人间现形，并以这个小镇的名字命名——雷斯顿埃博拉。当地居民被吓坏了，在此之前他们万万想不到死神的绞索会以这样一种方式降临到科技发达的现代社会。他们担心猴子饲养员和操作者被感染，他们把接触过猴子的人全部送入医院隔离检查，他们开始上网搜索来自非洲雨林的神秘病毒，他们第一次听说了埃博拉，他们了解到13年前病毒在扎伊尔和苏丹的疯狂爆发，尽管只有零零星星的只言片语，这已足够让他们感到极度震惊和恐惧。他们开始流泪，祷告，在前所未有的煎熬中度过了毕生难忘的两个星期。

两周之后，100只猴子被"人道毁灭"，没有出现人类感染。美国人民是幸运的，人类是幸运的。

后来的研究证实，这种雷斯顿埃博拉病毒对猴子的致死率与扎伊尔埃博拉病毒接近，高达90%以上，但不知何故，它最终没有传播到人类的身上。

又过了几年，20世纪90年代中期，西非沿海国家科特迪瓦。在这个被称为“黄金海岸”的国家里，有一群来自世界各地的志愿者和科研人员一直在追踪自然森林公园中一个黑猩猩种群的动态。也许是因为人类领地的不断扩张，也许由于自然气候的变化，这一次的调查结果让所有人都感到无比沮丧——他们发现这里的黑猩猩几近绝迹。在森林里走了十几天，他们没能发现一只活的黑猩猩，相反，黑猩猩的骨骸倒是越来越多，这太不正常了！科研人员想弄清楚在这些黑猩猩身上究竟发生了什么，但这些死去的猩猩早已高度腐坏，无法对它们进行病原学调查。

直到1994年12月的一天，一支小分队进入塔伊森林不久，在一丛乱草中发现了一只刚刚死亡不久的黑猩猩，尸体新鲜，甚至能看到它还在出血。研究人员立刻在野外对它进行了解剖，在获取了宝贵的标本的同时也付出了巨大的代价。几天之后，队里的一名年轻女性出现了类似于登革热的症状，发热、咽痛、眼结膜出血。队员们不敢大意，反应迅速，第三天就将她送进了瑞士条件最好的隔离病房。后来的检验证实，黑猩猩感染了一种类似埃博拉病毒的病毒，这种病毒对黑猩猩致病性极强，但对人类相对较弱。那名女子侥幸捡回了一条命，但严重的后遗症让她不得不放弃了自己的事业。最终埃博拉病毒家族的第四名成员被命名为塔伊森林埃博拉病毒。

埃博拉病毒家族最年轻的成员直到2007年才被发现。2007年11月,在乌干达西部与刚果民主共和国接壤的本迪布焦发生了一起出血热疫情,几次与埃博拉交锋下来,包括世界卫生组织(WHO)在内的许多专业组织已经具备了一定的应对经验。很快,乌干达卫生部、病毒研究所、世界卫生组织和国际红十字会等机构组织力量加入抗击疫情的战斗,最终确诊的56例患者中有39人活了下来。这种后来被命名为本迪布焦埃博拉的病毒对人类的致死率为40%。

到目前为止,人类共发现了上述五种埃博拉病毒。除了雷斯顿埃博拉和塔伊森林埃博拉未对人类造成严重伤亡,其他三种病毒对人类都有极高的致死率。值得一提的是,虽然前两种病毒并未有感染人类的报道,但在美国本土爆发的雷斯顿埃博拉疫情真正引起了主流群体的关注。美国开始重视这个病毒,从更高层面组织力量开展了对埃博拉病毒的基础研究、流行病学调查,并且联合加拿大启动了埃博拉疫苗与药物的研发。

那时,美国著名病毒学家卡尔·约翰逊带领一个专家团队开始了对埃博拉病毒的溯源之旅,这也是人类病毒学家第一次对埃博拉病毒展开系统性的追踪与调查。遗憾的是，在翻遍了埃博拉河上游两岸几乎每一寸土地之后，人们依然无法找到病毒的源头。最终卡尔·约翰逊向世界卫生组织提交了一份调查报告，其中写道：

“可耻的、无法防止其侵袭的、比当年的黑死病更加可怕的埃博拉病毒，将在非洲大地形成对人类威胁最大而且无法控制的灾难。”

一语成谶。

自此，埃博拉病毒犹如飘荡在人类头顶上的幽灵，它们来无影去无踪，轰轰烈烈地发动一场毫无征兆的屠城之后又突然销声匿迹，潜藏在非洲雨林的阴影之中，伺机而动。而你永远不会知道它们什么时候会以怎样的方式再临人间。

近40年来，人类关于埃博拉病毒的记录十分有限：

1995年4月，刚果再次爆发埃博拉疫情，发病315例，死亡245例，致死率78%；

2000年8月，乌干达北部，埃博拉出血热发病425例，死亡224例，致死率53%；

2002年10月，又是刚果，埃博拉出血热发病143例，死亡128例，致死率90%；

……

世界卫生组织得出结论：埃博拉病毒平均致死率为88%。

直到2014年，当埃博拉病毒和埃尔贡山的雨林似乎已经被人类遗忘时，它再一次以无比残暴的面目降临人间。

这一次，它终于与万里之外的中国短兵相接。

第三章

出征

1. 人间炼狱

时间　2014年7月

坐标　塞拉利昂　弗里敦

在中国医疗队到来之前，这里已经是人间炼狱。

弗里敦街头，一名从头到脚包裹在白色防护服中的卫生工作者正在从一具疑似埃博拉感染者的尸体上采样。他的周围有一小队头戴护具的军人在来回巡视，每个人手里都握着一把AK47，黑洞洞的枪口像死神的凝视。弗里敦的收尸队本周进行了罢工，也许这里给的报酬不够高，或者人们终于意识到了“人命黑板擦”的终极恐怖。有人倒毙在弗里敦街头，尸体来不及被收走，开始腐烂发臭，流出黑红的尸液。

医院和其他收容中心的门口每天都有十几个甚至几十个被遗弃的病人。一名父亲把女儿放在汽车的后备厢中，跪下来恳求医护人员收留他的女儿，他说他知道他救不了女儿的命，但起码可以保住其他家人的命。更多的人则是直接将病人丢下后就驾车离去。一名年轻的医生刚刚劝离了一对带着年幼的女儿前来的夫妇。两小时后，他发现小女孩死在了医院门口，她幼小的身体就一直留在那里，直到收尸队员将她带走。

医院如同被生化武器袭击过一般。护士们大多逃回了家中，病房里有55个埃博拉出血热病人，只剩一名医生和两名护士。病人们横七竖八地躺在自己的呕吐物、排泄物和血污之中，他们大多会因为神志不清从病床上掉下来。每一次查房，医生都会发现其中几个已经死去，甚至出现了尸僵。

这里的卫生工作者成了全球最高危人群。又一名医生染病去世，成为第五个死于埃博拉病毒的塞拉利昂医生——这个国家一共拥有不到100名注册医生，其中能治疗出血热等传染病的医生更是屈指可数。

病毒的威胁也许还可以通过防护面罩抵御，而民众的恐慌才是真正的危机所在。一个个村庄被消灭，死亡人数远高于官方公布的数字，无知的民众开始相信埃博拉痊愈者的血清中有对抗病毒的抗体，越来越多的痊愈者被杀害，他们的血液在黑市上被疯狂交易。更骇人听闻的是，几名来自国际援助组织的抗埃宣讲团团员被当地村民绑架后惨遭割喉，他们的血喷溅在塞拉利昂红色的土地上，他们的尸体在爬满蛆虫的茅厕中被发现，其中三人是记者。

这是赵彦博此生经历过的最恐怖的一段时期。短短数周，度日如年。从7月31日发出第一封“急电”起，先后共有300封“急电”发往北京。报告疫情，提出建议，这些“急电”通过外交部进入中南海，为中央决策部署将埃博拉病毒阻击在我国境外和援助非洲共同抗击疫情起到了关键作用。

尽管身处大使馆，赵彦博的整颗心几乎完全系在相隔28公里之外的中塞友好医院。那一晚他彻夜未眠，用他自己的话说是“心惊肉跳”。他很清楚这个平日里安静得能听到海风的中国驻塞拉利昂大使馆已经成为一场公共卫生战役的前线指挥部，此刻自己已经成为前线指挥部的临时指挥官，他的每一句话，每一个指令，都有可能决定这场战役的成败。

他起身给自己泡了杯茶。非洲的咖啡很不错，但他还是习惯喝中国茶。可惜这里的水不行，自来水是不能喝的，水质跟中国的没法比，只能买瓶装水。滚水冲入茶杯，青翠的茶叶上下浮荡，初步的“作战计划”已经在他脑子里成型。

第一，隔离医院。尽管被隔离的7名中国同胞和另外10名塞拉利昂医生将承受他们不得不承受的风险与重压，但确保医院不继续沦陷，不成为埃博拉病毒进一步交叉感染和扩散的源头，这是决定埃博拉疫情阻击战成败的关键。事实证明，赵彦博毫不犹豫的果断抉择为日后援非大部队的进驻保留下了最重要的一块根据地。

第二，坚决将病毒阻击在国门之外。这一点谈何容易。紧急状态下，非洲国家发生动乱的概率大大提高，也许天一亮使馆就会涌进一批渴望帮助的同胞或者难民。不算普通游客，中国在塞拉利昂的常住人口就有四五千人，十几家中国企业，大到近千人规模的央企，小到几个老乡开的中餐馆，这些同胞中万一有人感染上埃博拉病毒怎么办？万一不小心把病毒带回中国怎么办？赵彦博清楚地知道自己的使命：在尽最大努力帮助同胞解决一切问题的同时，坚决将埃博拉病毒阻击在国门之外。

第三，搜集一切与疫情相关的信息，以最高的效率向北京汇报，为中央作出决策提供最准确的情报与最正确的建议。

……

工作要点在他脑子里一条条梳理了一遍又一遍，天光即将亮起时，他才想起了熟睡中的妻子，想起几个月前他与妻子两人一起来赴任的那天。那叫一个狼狈！

那是2014年春末夏初的一天，他与妻子拖着几个大号行李箱直奔北京首都国际机场，他们先要登上一架法航班机，飞10个小时到达巴黎戴高乐国际机场，在那里等8个多小时再转机，再登上另一架法航班机飞往塞拉利昂首都弗里敦。整个航程约2万公里，算上返程，刚好绕地球一周。一路上几只大箱子搬来搬去，赵彦博这个土生土长的西北汉子出了好几身大汗，心里甚至有点埋怨妻子——光是茶叶就塞了半个箱子。

20多个小时的颠簸，飞机终于降落在弗里敦机场。天已完全暗了下来。尽管来之前已经做足了准备，他还是被眼前的破败感到震惊。

弗里敦机场建在海边，与市区隔海相望，从机场到市区需要坐快艇摆渡，来接他们的车只能停在对岸码头。在黑人朋友的帮助下，赵彦博夫妇和几只大箱子先是被塞进了一辆破旧的中巴车里，开到码头换乘快艇。上船之前每人交了45美元船票钱。当时1美元能兑换5000利昂（塞拉利昂货币），1元人民币也能兑换700多利昂，一张船票相当于当地工人几个月的工资，这让即便有着多年非洲工作经验的赵彦博仍感到震惊。夫妇俩强忍着晕船带来的恶心和头疼，20分钟后才上了岸。他们坐上使馆的车，又在坑坑洼洼的马路上颠簸了40分钟，终于抵达中国驻塞拉利昂大使馆——这片在异国他乡上属于自己的土地！

关上门那一刻，一路上不敢吱一声的妻子再也忍不住，哭出声来。

这个西北汉子轻轻叹了口气。他轻手轻脚地走到床边，给妻子掖了掖被子。没工夫安排好所有事了，明天起，等待他们的将会是什么样的命运?

接下来的一个月,赵彦博和他领航下的中国使馆,成为这场埃博拉疫情风暴中的定海神针。

自7月31日塞拉利昂宣布全国进入紧急状态之后,这里通往国外的民航线路几乎全部被切断,许多来不及撤离的外国游客滞留机场,机场也成为重点防控对象,出现发热等症状的人随时有可能被全副武装的军警带走进行隔离。许多同胞直接找到了大使馆,希望赵彦博能帮他们协调一张回国的机票。有人甚至直接将一大捆美金拍在了大使馆桌上。赵彦博特别理解他们,每个人的身后都是万里之外的亲人们焦急的盼望和等待。

赵彦博调动了一切可能调动的资源,甚至通过自己的私人关系委托外国航空公司看看能不能协调一架包机。他四处托人,只求能够把健康的同胞送出地球上这个危险的地方,哪怕多一个也好。

“你们知道最后是怎么解决的吗?”时隔多年,每次只要想起当时的情景,赵彦博依旧会热泪盈眶,“感谢我们伟大的祖国!在我们几乎身陷绝境的时候,祖国没有忘记我们,更不曾抛弃我们!”在国内有关部门的努力下,150多名同胞乘坐包机最终顺利回国,经过21天的常规隔离,确保安全之后,终于同守候多时的父母妻儿团聚。

非洲有句俗语:“有中国人的地方就有好运气。”21天后，又一个好消息传来：隔离了三个星期的17名中塞友好医院的医护人员无一感染，可以回家了！

8月21日，赵彦博带着使馆工作人员，特地上街买了鲜花和许多营养品塞满整辆车，这些东西在那时的弗里敦真不好找。一行人驱车赶到中塞友好医院，持枪军警背后的那道铁门缓缓打开，17名穿戴整齐的医护人员逐一走了出来。赵彦博和他们一一握手、拥抱，献上鲜花和礼物。

21天前，他把他们送进去的情景还历历在目，恍惚间却又好像如此不真实——那个闯入医院的埃博拉患者当天晚上就死在医院的病床上，所有接触过她的人都陷入了巨大的恐惧与不安之中。第二天一大早，一队全副武装的军警在没有任何预警的情况下突然闯进医院，医院顿时一片混乱，有人在哭，救死扶伤的白衣天使瞬间成了枪口下的“囚徒”。

“所有人必须留在这里，一个都不许离开！”持枪军警封锁了所有出入口，将17名医护人员送入隔离病房，那些曾经救治过无数病人的地方变成了他们的“牢笼”。按照全球通行的埃博拉疫情防控法则，凡是与病毒感染者有过接触的人，需要经过三周的隔离观察，直到检测结果未见异常时方可解除。

17人，一人一个单间，房门紧闭。赵彦博只能隔着医院大楼的大铁门远远对他们喊话。来之前准备的一大堆鼓励的话当下全都烟消云散，赵彦博只能一遍遍地大声重复使馆的电话号码，一遍遍告诉他们随时可以和使馆联系。17名中国医疗队员，包括那个刚来就“惹祸”的22岁女护士，没一个人抱怨或哭泣，没想到正式见面的这一刻，彼此却都哭成了泪人。

2014年8月底，赵彦博将这17名中国医疗队员送上了回国的航班。他们顺利完成了援非任务，严格履行了一名医疗队员的职责。在生死线的边缘，他们每一个人都展示出了一名医务工作者的专业素养和敬业精神，该是他们回国与亲人团聚的时候了。而赵彦博将继续坚守阵地，这场“战争”才刚刚打响，这里是他的战场，接下来他的任务很明确——做好一切准备迎接即将到来的中国人民解放军援塞医疗队！

面对塞拉利昂疫情失控的局面，大部分国家纷纷采取了一系列严格的防控措施，严防病毒流入本国。还有不少国家要求本国各类人员迅速撤离疫区，同时也严禁本国民众进入西非疫区国家，进而阻绝病毒的侵入，拒埃博拉病毒于国门之外。

而中国援非的态度是持续的、坚决的、无可置疑的。在西非埃博拉疫情爆发后，中国在第一时间先后向疫区国家提供了15批次、价值100多亿元的卫生物资和2600余万元的其他保障性物资。

在疫情最为严重的时刻，2014年9月10日，中共中央总书记、国家主席、中央军委主席习近平和国务院总理李克强分别做出重要批示，要求中国人民解放军充分发挥军队在技术、人才和组织上的优势，立刻组建防控队伍奔赴西非疫区，援助一直与我们保持着深厚情谊的非洲，肩负起负责任大国的重任。

2014年9月12日，经中央军委批准，中国人民解放军援塞医疗队奔赴塞拉利昂执行埃博拉疫情防控任务。

2. 军令如山

时间　2014年9月

坐标　中国　北京

2014年9月12日，北京西郊，302医院，中国人民解放军唯一一所传染病医院。

李进没想到这么快就接到了援非抗埃的国家命令。24小时前，他才与其他几位专家一起完成了向国家卫计委的情况汇报。7天前，他被临时抽调入专家组飞赴塞拉利昂考察埃博拉疫情。他是最后一个接到指令的，直到拖着行李箱上了飞机，才知道同行的专家们大多来自中国疾病预防控制中心（简称CDC）。他们此行的主要任务是在塞拉利昂进行实验室检测选址——中国军人从来不打无准备之仗，一旦中央决定成建制派遣医疗队援塞抗埃，他们就能够在第一时间拿出行之有效的行动方案。

时钟指向15点30分，302医院院长办公室，一阵急促的电话铃声突然响起，姬军生赶忙抓起话筒。这恐怕是他三十年军旅生涯中最难忘的一刻。电话那头，中央军委向他下达了来自习近平主席的命令:即刻由中国人民解放军第302医院抽调医护人员组建“中国人民解放军援塞医疗队”,奔赴塞拉利昂执行埃博拉疫情防控任务,将病毒拒于国门之外!

这一刻,离他接任302医院院长还不到三天。

两个小时后,组建方案确定,决定委任副院长兼医务部主任李进为中国人民解放军首批援塞医疗队队长,带领30名队员远赴塞拉利昂。

尽管已有心理准备,接到命令的那一刻,李进还是犹豫了一下。如果仅仅作为一名战士、一名普通队员,李进不会有丝毫忧疑或者退却,但作为队长,意味着他要对其余29位战友的生命负责。在传染病一线工作了这么多年,李进比谁都清楚埃博拉病毒意味着什么,亲自去塞拉利昂走了一圈,他心里更是没底——一旦有一个战友出现了意外,他要怎么向他的家人交代?怎么向上级交代?!

李进,1968年生人,典型的四川汉子,同事们对他的印象是“个头不高,却能顶天立地”。在华西医科大学与解放军第二军医大学的培养下,李进成长为一名优秀的医生,主攻方向是流行病与传染病学。1996年,李进调入解放军第302医院,一干就是18年。多年的一线战斗经验,养成了他心细如发、临危不乱、百折不挠的性格。

作为中国人民解放军唯一一所传染病医院的医务部

主任，李进心里清楚，没有比他更合适的人选了。此刻援助塞拉利昂，对军人来说就是奔赴战场。他这个医务部主任，相当于这场战斗中的主帅，主帅就是上前线指挥作战的。况且李进是当时302医院中唯一一个去过塞拉利昂打前站的人。

“这个时候，我不上谁上？”

李进不再犹豫。

假设人的命运在未知的状态下如同蜿蜒的曲线，而李进的命运，被他用个人意志硬是拉成了一条直线——无论前方等待着他们的是什么样的艰险，他都将带领战友们坚决完成任务！誓将病毒拒于国门之外！

很快，一份30人名单拟定完毕。他们分别来自感染性疾病科、重症医学科、感染管理科、临床检验科和感染护理科等核心科室，其中有5名科室主任和副主任、5名博士和6名硕士。

这30人是302医院的骨干力量，他们专业技术过硬，且身经百战，具有丰富的一线作战经验。他们中大多是全军唯一的那所野战传染病医疗所的队员。这支特殊的队伍源自2003年的SARS危机，他们中的许多人参加过那场惊心动魄的战役。

2003年春天，SARS疫情爆发，华北地区首批“非典”患者入住302医院。在最危急的情况下，302医院临危受命，奉令组建小汤山医院。专家组组长、院务部部长和消毒护士长,这三个最重要也是最危险的职务,全部由302医院的医护人员担任。他们身负千钧重担,率先打响了首都抗击“非典”第一枪。

在取得抗击“非典”战役的胜利之后,这支光荣之师的使命并没有就此结束。为构建国家、军队传染病综合防治体系,302医院抽调精兵强将,组建了全军唯一一个野战传染病医疗所。这支特殊的部队相当于我军医疗系统中的“特种部队”,他们经历过无数次重大传染病爆发、防生化武器和反恐袭击的实战演习。他们时刻准备着,无论何时何地,只要祖国与人民需要他们,他们将以雷霆万钧之势出击,将敌人彻底击溃。

和平时期,对普通军人来说是“养兵千日,用兵一时”,但对这支“特种部队”而言,则是“养兵千日,用兵千日”。2008年汶川地震过后,他们千里驰援,奔赴灾区,确保大灾之后无大疫;在北京奥运会、防控“甲流”、亚丁湾护航等多个重大任务中,他们恪尽职守,保障人民生命安全;他们还多次走出国门,奔赴海地、巴基斯坦、尼泊尔、印度尼西亚、菲律宾等国家执行人道主义救援任务。他们不仅是302医院的顶梁柱,也是国家和军队宝贵的专业人才。

正是由于他们的存在,我国历史上第一次成建制派遣医疗部队援助非洲才成为可能。

命令下达的72小时之内，医疗队完成了出征方案的制定和所有人员的培训，这一切都来自他们多年的实战经验和专业素养。

3. 粮草先行

兵马未动，粮草先行。

摆在医疗队面前的第一道难关，就是要在短短3天之内筹集30个人半年的医疗与生活物资，并确保安全运抵陷入全面混乱的塞拉利昂。

在宣布抽调李进等30人成立首批援塞医疗队的同时，姬军生，解放军总医院第五医学中心主任，即刻向院务部下达了命令："在规定时间内备齐所有物资！"

作为我军唯一的传染病医院，302医院一直担负着各种重大救灾救援任务，因此有常备的应急预案。每次出任务前，军需处都会根据全军的给养供应标准，按每人每天大概需要的物资量，列出物资需求表，应对一般的紧急任务绰绰有余。但这次谁都没想到命令来得如此急迫。3天，72小时，时间的概念在这里被无限地放大，扭曲到了极致，必须以分秒来计算每一个步骤，才能确保完成任务！

此前302医院也有过参加小规模赴外援助的经验。2011年，曾派遣一支10人医疗队前往印度尼西亚执行东盟地区论坛救灾演练任务。当时所有的物资都是由军用运输机先运到广州，再转到印尼。一般而言，这样的任务当地政府都会提供一定的保障，最起码队员们的食宿无须自己操心，而且通常任务期不会超过一个月。

而这一次，医院要依靠自己的力量赶赴西非。塞拉利昂，那里的贫穷与落后，在亲眼看见之前是完全无法想象的。那里没有粮食保障——这意味着他们要自备食物；没有足够的安全饮用水——水龙头里流出来的自来水常常是黄褐色的；没有住宿条件——他们做好了最坏的打算，也许要住在野战帐篷里了；治安一片混乱——大灾之下，塞拉利昂政府职能瘫痪，街上抢劫杀人屡见不鲜，军警当街开枪。最重要的是，他们的敌人叫作埃博拉病毒——在那样的环境下，再专业的防护都不能完全避免被感染的风险。都是搞传染病的，没人不知道埃博拉病毒是个多么可怕的对手。

怎么办？

后勤保障部列出了一本厚厚的物资列表——

大到猛士野战车，小到肥皂、雨衣、驱蚊水、防晒霜、护目镜、强光手电、油、米、面、压缩饼干、罐头、牛肉干、脱水蔬菜、十三香、葱姜蒜……

吃喝拉撒睡、油盐酱醋茶，你可以想不到，但他们必须全部想到、备齐！

短短3天内，食品、日用品、水电器材等5大类、150吨后勤物资顺利完成采购，足足可供装备一个大中型超市。

为了清点物资，302医院征用了一个室内篮球馆作为临时仓库。平时空荡荡的篮球馆在短短半天之内就被成百上千个箱子塞得满满当当。

这还仅仅是后勤物资，医疗物资的筹集更加紧迫。上了战场，医疗物资就是战士们的武器，没有精良的装备，这场战争必败无疑。

应对埃博拉出血热，全世界的医疗团队都缺乏实战经验。虽然中国的医生们很早就开始关注埃博拉疫情，但这跟亲赴战场贴身肉搏完全是两码事。医疗队急需的防护服、口罩、靴套、雨鞋必须经过严格检测，确保合格。一旦上了战场，医护人员的命就交给了这些防护装备，哪怕有一丝破漏，后果都将不堪设想。首次采购的一批一次性防水隔离衣不合标准，防水效果达不到要求，医院紧急联系调运了另外一个批次。为了确保万无一失，302医院动员能动员的所有人员，从医院领导、医疗队员到文职人员、实习护士、保安、保洁、厨师、餐厅服务员，下班的、休假的，几乎所有人都到场，分组分区域进行登记、打包、搬运、装车，通宵达旦地检查、清点所有物品。整整三天，篮球馆内人头攒动，灯火通明，许多人甚至没有合过眼。

……

从接到命令到将所有物资运抵首都机场，所有这一切，仅仅用了72个小时。

这是什么速度？

这是在与死神赛跑，这是只有中国军人才能达到的速度。

2014年9月16日，302医院综合大楼前，30名援塞医疗队员整齐列队。他们统一身着迷彩服，脚蹬战靴，背负野战行囊，右臂上佩戴的“中国人民解放军援塞医疗队”臂章醒目。姬军生将“中国人民解放军援塞医疗队”队旗交给队长李进，并代总部首长宣布了四项任务：

一、坚决贯彻习主席“军队要走出去”指示；

二、向世界展示负责任大国形象；

三、为国家防治埃博拉病毒积累经验；

四、打胜仗、零感染，为中非友谊做出新贡献。

李进举起右手，向首长行了一个庄严的军礼，双手接过队旗。

他的身后，是以死生相托付的29名战友。

他们的身后，是前来送行的几百名战友与亲人。

“同志们，现在我宣布：中国人民解放军首批援塞医疗队出征！”

2014年9月16日14时许，国家卫计委和中央军委有关方面首长向李进等30名战士发出命令。

“首战用我！用我必胜！保证完成任务！敬礼！”

在飘扬的旗帜下，30名军人以庄严的军礼向祖国宣誓。

北京首都国际机场，东方航空公司一架空客330客机腾空而起——中国人民解放军首批援塞医疗队奔赴塞拉利昂。他们将飞越亚、欧、非三大洲，飞越印度洋，飞向非洲大陆，直抵塞拉利昂——那座传说中的“自由之城”。

“别人因埃博拉疫情走了，中国因埃博拉疫情来了。”

正如非洲人民广为传唱的《消灭埃博拉》里唱的那样，逆着人潮而动，到最危险的地方去，中国军人永远是最坚定的逆行者。这一次，他们将用生命守护的，不仅仅是数千中国同胞的安全，更是成百上千万非洲友人的安全。在疫情最凶险的时期，中国派出最精锐的部队，进入最危险的区域，实施人道救援，以实际行动表明了我国的鲜明态度：一个大国应承担它相应的国际责任。

4. 移动P3

2014年9月12日，京西某处，由3个车载方舱组成的移动式生物安全三级实验室（以下简称“移动P3”）就地展开。

几个狭小的设备间里，钱军正不停地钻进钻出。

“电力系统正常！通风空调系统正常！给排水系统正常！通信网络正常！”

钱军，中国疾病预防控制中心传染病研究所研究员，首批援塞移动实验室检测队队长。此刻，他正一寸一寸地检视着眼前这个庞然大物——这是中国仅有的两台移动P3。在未来72小时内，钱军和队友们将把其中一台运往塞拉利昂，执行埃博拉病毒检测任务。

按照部署，中国首批援塞队伍将兵分两路：一路是由302医院抽调组建的援塞医疗队，他们的主要任务是在弗里敦建起一个埃博拉病人留观中心，负责接收与救治埃博拉病人；另一路则是由中国疾病预防控制中心的27名专家组成的移动实验室检测队，他们将承担埃博拉出血热病毒检测任务。

这是移动P3第一次出境，将远赴万里之外的西非。对此钱军不敢有一丝大意，要想顺利完成病毒检测的任务，全靠这个大家伙了！他必须在最短时间内完成对移动P3各项系统的检查，确保万无一失。

生物安全实验室被分为四级，从第一级到第四级依次对应着从低到高的生物安全防护要求。埃博拉病毒由于其高致死率和无药可治，被列为最高等级风险病毒，对它的检测必须在生物安全三级及以上实验室中方可进行。疫情凶猛，在当时的情况下，要想在塞拉利昂建造一个三级生物安全实验室是完全不可能的事。没有三级实验室，对埃博拉病毒的检测就将无从开展，不能检测病毒就意味着不能及时确诊，疫情的防控将成为空谈。

移动P3的出现成为抗击埃博拉疫情最有效的武器。

2003年SARS过后，为提高烈性病原体现场快速检测能力，我国自主研发了移动式生物安全三级实验室。从外表上看，它由三个巨大的集装箱组成，专业术语叫“独立方舱”，包括主舱、辅舱和中控指挥舱。内部设备包括生物安全柜、自控充气式气囊门、自洁净型传递窗、高压污物灭菌器、高效充气过滤器、高温污水煮沸罐等，能够通过对人流、物流、气流、水流的严格控制，实现对废水、废气、废物的无害化处理。

包括炭疽芽孢杆菌、鼠疫杆菌、狂犬病毒在内的所有生物安全三级病毒，移动P3都能应付自如。

最重要的是，这是个机动性极强的实验室。移动P3装有车载水电保障系统，可以通过车载、空运、海运以及铁路等方式运输，具备日行千里的机动能力。2009年服役至今，移动P3的累计行程已达数万公里，足足可以绕地球一圈，是名副其实的“千里马”。钱军带着它参加过多次重大任务，哪里有传染病疫情，他们总是能第一时间赶赴现场完成病毒检测任务。

在钱军看来，“它就是中国生物安全防控十年发展成就的缩影”。我国一共只有两台移动P3，而当时他们要将其中一台送到非洲，投入到抗击埃博拉战役的最前线。

不管怎么跟队员们打气，钱军心里还是有些没底。毕竟此前他们从未做过埃博拉活病毒的检测。埃博拉病毒虽然在1976年就被发现了，英、美、法、加这些发达国家最早对其进行了研究，对消毒剂成分、浓度、操作规程都有话语权，但我国国内并没有埃博拉病毒。以前都是用“假病毒”（模式病毒）做实验，第一次出去进行实毒操作，我们的诊断试剂是否过关？移动P3能不能坚持到底？队员们的安全有没有保障？一连串的问号让队员们背负着巨大的压力。

不管怎样，先解决眼下的难题吧。

三个巨大的集装箱里塞满了无数精密设备，要如何才能确保移动P3安全运抵塞拉利昂？

疫情片刻不能耽误，没有时间让它漂洋过海了，只能空运。

找了一圈下来，无论民用客机还是军用运输机，我国没有这么大的飞机可以塞下这三个庞然大物。

这可怎么办？连国门都出不去，还怎么完成任务？

在军委的协调下，租用了俄罗斯的AH－124大型运输机，终于装下了包括移动P3、猛士野战车、发电机等有内的大型装备。

沿途又是一路过关斩将——途经某国时，对方不让载有我国医疗队和医疗装备的飞机进入他们的机场进行补给，理由是怕病毒传染。

“那时候我们是从中国起飞，离非洲还有十万八千里，可人家就是不让我们靠近机场中心区，有什么办法？”队员们真是又好气又好笑，最后通过各种途径多方沟通，对方才同意给我们的专机加水加油，附加条件是一连串的“禁止”：禁止所有人员下飞机，禁止专机靠近他们本国的飞机……

就这样，克服重重困难，跨越千难万险，飞机再次腾空而起，一场拯救生命、抗击埃博拉疫情的阻击战终于吹响了冲锋号。

第四章

交锋

1. 抵达前线

时间 2014年9月

坐标 塞拉利昂 弗里敦

当地时间2014年9月17日，经过17个小时的飞行，总行程17000公里，中国人民解放军首批援塞医疗队抵达塞拉利昂首都弗里敦。

跟秋高气爽的北京比起来，这里的天气太让人难受了。

下飞机之前，李进不断提醒队员们注意着装。弗里敦正值雨季，高温高湿，空气中到处都是潮湿发霉的气味。他开始担心队员们的身体，由于长途颠簸，有些人已经出现了头晕、恶心等症状。偏偏天公还不作美，又下起了倾盆大雨。他又开始担心起随机抵达的物资来。

此前大部分"粮草"已经通过空运、海运和俄罗斯AH-124大型运输机运抵弗里敦，包括他们急需的猛士野战车。队员们只随机携带了几十吨食品、水、药品等后勤保障和医疗物资。这么大的雨，这些东西不会有问题吧?

前面还有5个小时的车程在等着他们。从机场到市区，最近的方式是摆渡走水路，人员轻装简行，坐快艇20分钟就能抵达市区码头。设备和物资就难办了，只能走陆路绕道200多公里——这里的交通李进可是亲身领教过，整个国家连一条像样的公路都没有，全是土路，坑坑洼洼，一下雨就变成了泥坑路，行车太危险了！

幸好前来接机的赵彦博大使做好了充分的准备。几个月磨炼下来，他的“生存技能”已大有长进。在这个国家，什么样的问题都有可能遇到，非洲朋友们虽然友好热情，毕竟人家已自顾不暇，一切都得靠自己！

为了顺利接机，赵彦博提前联系了当地一家中资企业，对方听说是我们的援塞部队到了，二话没说就调拨了7辆重型大卡车过来，帮助他们转运物资。过关、清点、搬货、装车、押运，再分门别类运往驻地，然后又是清点、卸货、入库、存放。从下飞机到安顿好最后一车货物，队员们早已筋疲力竭。

回到驻地，已近深夜。

想不到在塞拉利昂的同胞给他们准备了一份珍贵的礼物。在赵彦博大使与塞拉利昂政府的协调下，考虑到越来越失控的埃博拉疫情，为了确保医护人员的安全，最终决定将北京城建集团购置的宾图尼玛宾馆作为医疗队驻扎的大本营。

这可真是个意外之喜！

这家宾馆按照国内的标准勉强能算三星级，但在这个贫穷的国家，这里简直就是迪拜的豪华酒店！宾馆坐落于美丽的大西洋之畔，三面环海，毗邻著名的蓝茉莉海滩。这里设施齐全、干净整洁，海景房自带大落地窗，窗外就是一个宽阔的观景阳台。站在阳台上放眼望去，何等壮阔的海景啊！

此刻大西洋的海水已被夜色染黑，天与海交融在一起，分不清海天之别。远处货轮灯火阑珊，极目远眺，纽约就在大洋的彼岸——两座"自由之城"隔海相望，却又是那么遥不可及。

住在这里的一个月里，有那么几个瞬间，李进会忘了自己身在何处。这里的一切都如此沉静，如此平和，连咸湿的海风都透着温柔。那些倒毙在路边水坑里的尸体是真的吗？那些全副武装的持枪军警是真的吗？那些白天在车窗外一晃而过的低矮破旧的铁皮茅屋，轰鸣的摩托车，破旧的公共汽车，光着身子的小孩，尘土飞扬的马路，卖香烟、塑料玩具、低档服装的摊贩，没有红绿灯的路口，穿着不合身的制服的交通警察……这一切都是真的吗？

连续几天体力的严重透支和精神的高度紧绷，使得忽然放松下来的李进感到有些恍惚。宾馆内外，两个世界判若云泥，此刻却在如浓墨一般的夜色中交融在一起，不辨虚实。此后若干个睡不着的深夜,他会起身看海。全世界只剩他一个人,四周都是大西洋的海,只有一点点细小的微光在远处闪烁,明明灭灭,如同一句暗语,如同那个他们看不见的敌人。如果有一天,他被它掳获,那么他将止步于半途,就此瞑目。他将想起今夜的大海,他将想象着自己如同一片羽毛从海鸟身上松脱,在云中,在人间千尺之上,在暴烈的气流中劲舞、激旋,被怒号的狂风裹挟、推送,飞越千里大洋、万里群山,战胜一切险阻,最后飘落在家乡的土地上。女儿将捡起这片羽毛。他在梦里流连于这样的想象,它带来生的希望。不过他更清醒地知道,第二天当太阳照常升起时,他依然要鼓足勇气,睁大双眼,迈步向前。

2. 不可能的任务

大本营宾图尼玛宾馆位于弗里敦的阿伯丁区，中塞友好医院则位于城外的科索镇，从驻地到医院有28公里路程。沿途会经过蓝茉莉海滩，这里椰树成林，草屋林立，偶尔可见三三两两的行人在洁白的海滩上悠闲漫步。每天在如此醉人的风景中去充满致命病毒的医院上班，即便是身经百战的军人也很难承受如此巨大的落差。

上班的路首先要穿过弗里敦市区。街市上热闹如常，除了手持机枪的军警和偶尔可见的身穿防护服的当地卫生工作者，很难把眼前的场景与埃博拉疫情重灾区联系起来。当地没有人戴口罩，他们依旧聚集在一起，热情地拥抱。

这一切让队员们更紧张了。作为跟病毒打交道多年的战士，他们宁愿这里被AK47和白色防护服控制，全城笼罩在紧张气氛中，居民闭门不出，收尸队在街头工作，卫生工作者在街头喷洒消毒药水——这才是一个瘟疫笼罩下的城市应有的样子。看着车窗外的景象,李进的表情更僵硬了。

有一次,车辆行驶到了一段尚未修好的土路。刚下过一场雨,路面泥泞不堪,车轮老是打滑。土路的一侧是裸露的山体,时常有石块滚落。经过一段狭窄的山谷时,一块落石"砰"的一声砸在车顶上,队员们一阵惊呼。好在司机临危不乱,轻点几脚刹车,方向盘依然稳稳握在手里。虚惊一场!

再往前两公里,就是英国驻塞拉利昂军事基地,门口站着全副武装的英国士兵,围墙上还有一个瞭望哨。塞拉利昂曾是英国的殖民地,米字旗在当地随处可见,此次疫情英国也是最早投入军队的国际援助力量之一。

再往前五公里,汽车驶上塞拉利昂最好的一条高速公路——友谊公路。道路两旁能看到各种熟悉的路标和标记线,仿佛行驶在国内的公路上一样,一看就是中国援建的项目。沿途分布着几座稀稀落落的村庄,零乱破落的茅草屋和锈迹斑斑的铁皮房随处可见。

友谊公路连接着弗里敦的交通重镇——科索小镇。小镇的特别之处在于拥有一所远近闻名的现代化医院——Jui Hospital,即"中塞友好医院"。这是2012年由中国政府援建的,这里就是中国人民解放军援塞医疗队此行的目的地。他们将在最短的时间内把这里改造成一家传染病医院，接收埃博拉病人。

医院依山而建，由四栋黄白相间的二层小楼组成，供医疗用的三栋楼在一条轴线上依次排开，中间有走廊相连；另一栋是专家楼，供医生休息使用。医院的造型、布局和建筑风格是我国20世纪70年代的典型风格。302医院的医生护士很多都不曾见过这么“古典”的医院。经过埃博拉疫情的冲击，这里已经变成了一片孤岛。之前被隔离的中方医护人员已经回国，医院的其他医生护士再也不敢回来上班，医院不得不关门停业，只留下两个看门的守卫。

队员们简直不敢相信自己的眼睛：医院里的荒草已经长至齐腰深，蚊虫肆虐，在这里被蚊子叮上一口很可能会要了你的命——疟疾对亚洲人的杀伤力甚至不亚于埃博拉病毒，死于疟疾的人要比死于埃博拉出血热的人多多了。

好不容易探出一条路来到办公楼。这里更像是被炸弹轰炸过一样，所有的门窗都已损坏，满地碎玻璃碴，桌椅病床凌乱不堪，到处都铺着厚厚一层红土。

很难想象一个多月前这里还是塞拉利昂最好的医院——门诊楼、住院楼、住宅楼和食堂一应俱全，内设内科、外科、儿科、妇科、手术室等各个科室，还有100多张床位，配备了B超、CT、X光机及其他大型自动化分析仪。医生水平高超，护士训练有素，每天来看病的人络绎不绝，大多是在塞拉利昂的中国同胞和其他外国人。如今的情景让在场所有人的心顿时沉了下去。

当务之急，是要摸清楚医院的情况，搜集可以使用的医疗设施，尽快把这里改建成为一所能够医治埃博拉病患的留观中心。

李进跟身边的秦恩强交换了一个眼神。这个任务只能交付给他——医疗队医师组组长秦恩强。

秦恩强是传染病业界公认的权威，多年来他始终战斗在传染病防控一线，医术高超，经验丰富。这不是他第一次到非洲执行任务，此前他去过坦桑尼亚和马达加斯加协助两国建立国家抗疟中心，还有一次是随中国海军“和平方舟”号医疗船参加“和谐使命2010”行动，出访吉布提、肯尼亚和塞舌尔。他是全队中最有非洲经验的人，他的意见至关重要。

根据中国与塞拉利昂政府的协议，首批援塞医疗队将负责运营一个埃博拉疑似病人留观中心。所谓留观中心，就是把有明显症状的疑似病人集中在一处，进行观察检测，确诊为埃博拉患者的就转去其他治疗中心。如果不按照传染病医院改建病区，患者之间的互相感染、医患之间的交叉感染将很难避免，留观中心就很可能成为病毒传播中心。到了现场才知道摆在他们面前的是这样一个烂摊子,连秦恩强这种经验丰富的专家都感到十分棘手。

“医院目前的结构和布局根本不符合收治传染病患者的要求,如果直接按照普通医院接收普通病人的标准来接收埃博拉患者,结果只有一个,那就是这里迅速沦陷,并成为最高效的病毒传播中心。”秦恩强迅速做出判断,摆在他们面前的只有两条路:要么另选新址,要么改建医院。

另选新址显然不可能。整个塞拉利昂都找不出几座像样的大楼来,只能在中塞友好医院现有的基础上进行改建。时间、人力、物资材料十分有限,改建的动作也不可能太大,只能因地制宜,就地取材。好在当地的同胞十分给力,在赵彦博大使的协调下,北京城建集团、中土公司、河南国际公司等驻塞中资企业从自己的留守人员中派出建筑工程队投入到医院改建工程中来。

工人们很快进驻医院,可改建需要的三合板、铝合金板等建筑材料却没有着落。最后又是赵彦博把大使馆计划建车库的材料拉过来应急。还有玻璃、灯泡、门锁,都是各个企业你出一点、我出一点,东拼西凑才勉强满足了工程要求。

7天后,中塞友好医院由综合性医院到满足烈性传染病收治要求的专科医院改造工程宣告完成。

验收时,所有人都被眼前的场景逗笑了——史上最具“混搭风”的医院新鲜出炉——病房的门锁五花八门,有暗锁、挂锁、自行车的环形锁，还有的干脆就插着一根铁链子，令人眼花缭乱，堪称奇景，不过总算是都上了锁。

在改造医院时，医疗队特意预留一个“第四病区”，15张病床。这个特殊的病区不是给非洲患者预留的，而是预留给我们的医疗队员的。

大家心里都清楚，万一有人不幸感染，他们不可能让别人来救自己，也不希望被运回国内接受治疗，他们只能自己救自己。做了一辈子职业军人和传染病医生，谈起生死，许多队员早已云淡风轻。

“每次路过第四病区，看到那一张张病床，就像是我们自己给自己准备的一张张棺材板，如果我或者哪个队友牺牲在这里，可能就要连人带床板一起被直接抬走烧了。”秦恩强说。

幸运的是，这一幕最终没有发生。

2014年9月26日，塞拉利昂总统科罗马在中国驻塞特命全权大使赵彦博和塞拉利昂政府其他官员的陪同下，专程来到中塞友好医院埃博拉疑似病人留观中心。这是30名队员第一次以中国人民解放军整建制军方医疗队的身份接受塞拉利昂总统接见。

在塞拉利昂，科罗马有着很高的威望，他毕业于塞拉利昂大学，主修历史、哲学和法律，2007年9月当选总统。上任后他致力于国家重建，几十年内战留下的烂摊子在他手上渐有起色。

李进代表全队向科罗马总统汇报了中塞友好医院改建、床位设置、隔离、医护人员培训以及下一步收治埃博拉患者计划等情况。科罗马总统对“中国速度”再次惊叹不已。他盛赞医疗队在这么短时间内,克服了难以想象的困难,取得如此突破性的进展。

在焕然一新的中塞友好医院大楼前,科罗马发表了热情洋溢的讲话:“今天是中塞友谊史上重要的一天,中塞友好医院埃博拉疑似病人留观中心的建成再次见证了中塞牢固的友谊。中国不但践行了积极支持塞拉利昂经济建设的承诺,而且在我国面对疫情的危机时刻,中国再次伸出援助之手,提供物资、人员和现金,和塞拉利昂站在一起共同抗击埃博拉。这体现了中国急塞方之所急的深厚情谊,再次表明中国的确是塞拉利昂的特殊朋友,中国是塞拉利昂的患难之交。我们永远忘不了中国人民的友情,塞中两国是永远的好朋友!”

五天之后,医疗队完成了对首批89名塞方工作人员的培训。

人员齐整,阵地完备,最紧张的时刻即将来临。

2014年10月1日,一个在异国他乡度过的国庆节,一个令所有人终生难忘的日子,中塞友好医院埃博拉疑似病人留观中心正式启用。

开诊之前，医疗队举行了一个简短而庄重的仪式——

在非洲的蓝天下升起一面鲜艳的中华人民共和国国旗；

在中塞友好医院埃博拉疑似病人留观中心面对党旗举起右手重读入党宣言；

在写满誓词的红绸上郑重签下每一个人的名字。

这是大战在即的动员之会，这是敢死队出征前的誓师之会。中国人民解放军援塞医疗队以铁军一般的意志，克服了无法想象的困难，在极短的时间内，开辟出抗击埃博拉疫情主场战，打响了援非抗埃第一枪！

3. 脆弱的防线

穿防护用品流程：

从清洁区进入污染区前，有15道。

1. 在淋浴间更换个人衣物。

2. 穿一次性分体工作服。

3. 手卫生。手卫生分为两种方式，流动水洗手和卫生手消毒，在塞拉利昂主要以卫生手消毒为主。

4. 戴N99医用防护口罩。戴前先检查口罩生产日期是否过期，有无潮湿、污损，识别口罩内外、上下，检查口罩是否包装密闭，一手托住防护口罩鼻夹或松紧带，一面向上、向外，将防护口罩罩住鼻、口、下巴。一只手将下方系带拉过头顶，放在颈后双耳下，再将上方系带拉至头顶中部。一手按住鼻夹，另一手于一侧拉紧松紧带，换手，按住鼻夹，并拉紧另一侧松紧带，调节好松紧度。呼气和吸气时应感觉或看到口罩略微有鼓起或塌陷，若感觉有气体从鼻梁或面颊部泄漏,则要重新调整系带的位置。

5. 戴一次性防护帽。佩戴一次性防护帽,应包住耳朵和头发。

6. 戴护目镜。护目镜要压住帽子及口罩,调节舒适度。

7. 穿一次性防护服。穿之前先检查一次性防护服,看生产日期,确保无破损、潮湿、污染等。穿的过程中防护服不可拖地。

8. 戴内层手套。打开手套包,取出手套。检查是否有破损漏气。将手套戴好,然后将手套套在防护服衣袖外。手套要套住防护服的袖口。内层手套一般为绿色,外层手套一般为白色,如果外层白色手套破损,内层绿色手套很容易显露出来,从而引起人的注意。

9. 穿防水脚套。

10. 穿防水雨靴。

11. 穿一次性防水隔离衣。检查防水隔离衣无破损、无潮湿、无污染后穿好。此项流程要二人协助完成,另一人在后背、后腰上系紧隔离衣带。

12. 戴防护面屏。

13. 戴外层手套。打开手套包,取出手套,检查是否有破损漏气。外层手套需要套住隔离衣袖口。

14. 穿一次性高拗靴套。穿之前先检查一次性高拗靴套,无破损后穿好。展示靴套前后,如果手碰触鞋底要进行手卫生。

15. 携带拖鞋放置于第二缓冲间。

脱防护用品流程:

队员们从污染区回到清洁区时必须进行的,有21道。脱防护用品应遵循从污染到洁净的顺序,尽量减少和避免脱摘过程可能的污染。脱防护用品和手套时,严禁触碰皮肤和干净衣物,重点注意做好眼睛、鼻腔、口腔黏膜的防护。

1. 手卫生。按照六步洗手法进行洗手消毒。

2. 进入第一缓冲间,脱一次性防水隔离衣。这时要二人协助。解开颈后带子,将隔离衣从胸前向下拉。左手捏住右侧衣领内侧,下拉脱下右袖。将隔离衣污染面向里,衣领及衣边卷至中央,丢至医疗废物容器内。医疗废物容器要轻开轻合。

3. 脱外层手套,弃于医疗废物容器内。

脱手套的正确方法:

①用戴着手套的手捏住另一只手套污染面的边缘将手套脱下;

②戴着手套的手握住脱下的手套,用脱下手套的手捏住另一只手套清洁面(内面)的边缘,将手套脱下;

③用手捏住手套的里面丢至医疗废物容器内。

4. 手卫生。

5. 脱一次性高拗靴套。将靴套内面翻转朝外，注意手不要污染防护服及防水雨靴。

6. 手卫生。

7. 摘掉防护面屏，弃于医疗废物容器内。

8. 手卫生。

9. 穿着防水雨靴在消毒浸泡池内浸泡2分钟，并清洁鞋底(鞋底应与池底充分摩擦)，浸泡雨靴同时进行手卫生，然后进入第二缓冲间。

10. 在第二缓冲间内脱防水雨靴(双脚依次将鞋踩下)，脱防水脚套，换拖鞋。

11. 手卫生。

12. 脱一次性防护服。脱时先将拉链拉到底，向上提拉帽子，使帽子脱离头部。脱袖子，边脱边卷。污染面向里，直至全部脱下后，放入医疗废物容器内。脱防护服忌抖动，动作要轻柔。

13. 脱内层手套，弃于垃圾桶内。脱时用戴着手套的手捏住另一只手套的边缘，将手套脱下，手捏住手套里面，丢至医疗废物容器内。

14. 手卫生。

15. 摘掉护目镜。摘时要从脑后拉扯带子摘下。回收复用的护目镜，放入回收容器内，待消毒后再次使用。弃用的护目镜丢至医疗废物容器内。

16. 摘掉一次性防护帽，摘时从脑后轻拉摘下，弃于垃圾桶内。

17. 手卫生。

18. 摘掉医用N99防护口罩。摘口罩时不要触及口罩外污染面，用手将颈部的下头系带从脑后拉过头顶，拉上头带，摘除口罩，手指捏住口罩系带，丢至医疗废物容器内。

19. 流动水洗手。

20. 脱一次性分体工作服。

21. 至沐浴间沐浴更衣。

以上是传染病医护人员穿脱防护服的标准流程。其中，穿防护服15步，脱防护服21步，共36步，缺一不可，环环相扣。

一直到走进医院前，黄雨萱还在心里默默演习着这"标准36步"。

黄雨萱是队里最年轻的护士，17年前SARS爆发时，她还只是个高中生，没想到第一次上战场，就被派往最危险的前线。出发之前，父母拉着她的手不肯松开，她红着眼睛说："穿上防护服，我就不是孩子了。"

"疫情笼罩下的弗里敦是一座黑色的城市，安静中潜伏着死神。埃博拉病毒袭击这里的一个月以来，死神就披着黑色的外衣，在医院周围晃荡寻找，而我们则穿着白色的防护服。防护服，就是我们与死神之间唯一的屏障。”

进入医院的前一天晚上，雨萱在日记里写下这样一段话。

302医院的医生与护士对穿脱防护服并不陌生，但即便最有经验的医护人员面对这烦琐的36步也有出错的可能。年轻的医疗队员们只好不断地练习，每天至少7个小时以上，直到这36步完全刻印在他们的身体里，成为他们的“肌肉记忆”。

热，极度的热！

如果只用一个词形容穿上防护服后的感觉，那就是“热”。那种热，没穿过的人是很难想象的。汗如雨下、憋闷、头疼、晕眩、呼吸困难、窒息、虚脱……什么词都不足以描述那种热到窒息的感受。

防护装备从头到脚是11件，包括帽子、口罩、护目镜、防护面屏、连体防水隔离服、外层防护衣、两副手套、鞋套、橡胶防水靴，加上一套贴身内衣，队员们称它为“二道防线”。

11件装备环环相扣，层层叠加，将人的身体的每一寸皮肤包裹得严严实实、密不透风。

在外界气温30℃左右的环境里，防护服内温度通常会达到47℃—50℃。人体在这样的环境下，最多能正常工作个把小时。

按照惯例，穿着防护服的医护人员在病区停留的时间不得超过40分钟。可在中塞友好医院，每个队员都需要在病房中工作一个小时以上。

防护服十分笨重，穿上后平时很简单的动作都异常费力。队员们要注意时刻保持匀速动作，不仅是节省体力的需要，还是防护的需要——避免因动作幅度太大而出现皮肤暴露的危险。

人体在近50℃的高温下，几分钟就会大汗淋漓，护目镜模糊，口罩紧贴口鼻，缺氧、窒息，呼吸越来越困难。他们要在身体能坚持住的极限里，完成对病人的问诊、观察、生命体征采集、药物发放等诊疗程序，这些平时只需要一两分钟就能完成的程序，在防护服里需要十分钟甚至更久。患者越来越多，队员们一开始工作很容易忘记时间，等安排完所有事项，抬头一看，已经两个小时了。

最危险的是脱防护服。要将被污染过的防护装备安全脱下，需要21个步骤，缺一不可，顺序也绝不能错。

人体在清醒的状态下，逐一完成21个动作并不困难，只需花费20分钟时间。真正的挑战在于每次一两个小时工作下来，人体体力接近极限，很容易出现意识模糊的状况，几乎所有的危险都发生在这个环节。

一天，结束在病区的日常工作后，孙李建和霍翠华两人一起进入缓冲间准备脱去防护服。天气极热，气温接近40℃，在病区两个小时工作下来，孙李建出现了严重的脱水。他缓慢地走到第一缓冲区，两人按程序互相喷射消毒液之后，开始脱下身上的一层层防护服。快结束时，霍翠华看见孙李建脸色剧变，整个脸憋得通红，呼吸急促，豆大的汗珠"唰"一下子从脑门上冒出来，沿着护目镜往下淌。

"老孙！你怎么啦！"霍翠华尖叫起来。

孙李建已经快站不住了，双腿开始剧烈地颤抖。被汗水湿透的口罩突然贴住了他的口鼻，喘不过气了！那一瞬间，他的大脑一片空白，眼前的一切都在急剧地离他远去，本能让他不顾一切想抬起双手扒开口罩大口呼吸，他全然忘记了被污染过的手套还没有脱去。

"不！老孙！"千钧一发之际，霍翠华尖利的叫喊让孙李建顿时恢复了一丝清醒。只见她顺势抄起墙角的一瓶赛诺士消毒剂，猛地往他的双手上喷去。

"快！搓手！"

孙李建用尽最后的力气狠搓了几下双手，一把拽下已经牢牢贴在脸上不留一丝缝隙的口罩，再也支撑不住，靠在墙上大口大口地呼吸起来。

"真好！感觉真好……"孙李建恢复了意识，一边胸口剧烈地起伏，一边有气无力地对霍翠华苦笑道，"你、你救了我，要不是你，我恐怕回不了家了……”

霍翠华再也憋不住，泪水决堤一般奔涌出来，此刻她不能去擦，也不想去擦，她只想站在原地，痛痛快快大哭一场。

眼泪，队员们早就习以为常了，每人每天都要流好几遍。

与防护服里的炙热憋闷比起来，高浓度氯水的刺激又是另一重煎熬。跟其他一次性护具不同，队员们的防护雨靴是需要反复使用的，每次穿过之后，都要将其浸泡在高浓度氯水中彻底消毒。于是，“捞雨靴”就成了一道酷刑——超高浓度氯水扑面而来，面屏、护目镜、口罩，所有能阻隔埃博拉的屏障在氯原子面前都形同虚设，队员们常常被熏得涕泪横流。防控组的队员们常常自嘲“在含着微笑的背后，我们每天吃着鼻涕过日子”。还有人对氯水过敏，成片成片起疹子，两个月都消退不了。你能想象带着一身红疹子在防护服里憋两个小时的感受吗？

每天在生死线上穿梭，一切细节都与死亡紧密相连，任何一处疏忽，都将轻易击穿这道脆弱的防线。抗击埃博拉疫情是一场严酷的战斗，没有过硬的身体素质和严格的作战纪律，怎么做到“零感染”？

从抵达塞拉利昂第一天开始，医疗队就在摸索制定一套行之有效的生活制度。中国军网上的一则报道详细描述了队员们每日的生活：

《援塞抗埃医疗队每日生活工作全揭秘》

凌晨4:00，伴着零星几声清脆的鸟叫声，援塞医疗队驻地的厨房传来锅碗瓢盆交响曲，后勤班组已经在准备当天的早餐。蒸包子、熬稀饭、煮鸡蛋、炒咸菜、热牛奶，在朱立良班长的带领下，大家各司其职，各负其责，各项工作井井有条，忙而不乱。

后勤组组长罗新疆介绍说，为了让队员们始终保持充足的精力，必须保证营养，特别是要在早餐上下功夫。医疗队每周订有食谱，每天餐食不重样，仅面条就能做出十几个花样。然而，“西红柿比龙虾贵”说的是塞拉利昂蔬菜稀少，提前预订的菜说没有就没有，根本不需要理由，随时需要调整食谱。罗新疆表示，三餐的准备凸显了这些厨师的专业水平，一方面要解决蔬菜品种少的问题，另一方面还要照顾个人喜好，屈指可数的几个菜成了炊事班变戏法的道具。队员们表示，虽然偶尔也“似曾相识”，但绝对吃不重味儿。

早晨6:50，全队集合吃早餐。在食堂入口处，两名护士手持红外体温枪，为每一名队员检测体温，犹如安检，认真细致，任何人都不放过。“昨晚睡眠不足6小时的请举手”

“不足4小时的请举手”“不足3小时的请举手”……每天早餐前，队领导总会询问大家的健康状况，了解睡眠质量，了解身体有无不适。食堂门口，摆放着一台标准秤，队员自觉测量体重。今天是杜宁和霍翠华两名队员的生日，后勤组也为过生日的队员准备了“惊喜”——香喷喷的长寿面——或许这是对他们最好的慰藉和祝福。

7:30，准备上班的队伍集合完毕。队领导首先对主、副班布置当天的重点工作，然后会对其他拟去医院的每一个人进行详细询问，去医院干什么，能不能找别人替代，能不能与他人合并，能不能通过电话解决。

9:20，防控组组长张秀准备好当天工作所需要的物品，穿戴防护用品进入缓冲间。她是这支医疗队中最年长的女队员，虽然防控组看似不直接接触埃博拉患者，但他们每天要和其他医护人员一样在30多摄氏度的高温下，穿戴11件防护用品，处理接触过患者分泌物、排泄物的各种物品，几次倾倒、更换30公斤的消毒桶，提着沉重的垃圾袋在毒辣的太阳下将垃圾扔进焚烧池。在缓冲间，即使戴着N99口罩和厚厚的护目镜，还经常会被高浓度消毒液熏得眼泪直流，咳嗽不停。张秀每次得穿着全套防护用品在缓冲间工作一个多小时，一个班次下来全身都会湿透。到了晚上，嘴里和鼻腔里还都是消毒液的味道，常常熏得人恶心、吃不下饭，睡觉的时候也咳嗽不止。一天下来，呼吸新鲜空气都会有种重获新生的感觉。

9:40,护理组组长黄顺和队友开始为今天进入病区的队友准备必需的防护用品。黄顺在传染病医院工作了20多年,先后参加过抗击"非典"、抗震救灾等重大突发公共卫生事件处置工作。她介绍说,与传染病打交道,最重要的就是防护,绝不能有一丝疏忽和半点马虎。11件防护用品,36道穿脱程序,一个都不能少,一点也不能错。穿脱防护用品,医务人员必须接受"安检五查":个人必须对着镜子穿戴,严格进行自查;每一组医护人员必须相互监督,两人实施互查;必须接受感控人员的检查,队员穿戴整齐后,感控人员必须再次进行全面"安检";出入病区,特别是在缓冲间脱防护用品时,必须全程接受副班人员通过监控实施的检查……看隔离衣是否完好、手套是否破损、隔离服是否穿好、护目镜是否戴紧、口罩是否捂严、手套是否戴好、鞋套是否套紧,从不漏查一项。高温下,即使站着不活动,厚厚的防护用品往身上一套,也会立即感觉憋气和出汗,大家只能尽量减少说话和体力消耗。

10:20,主班医生杜宁和护士刘冰像往常一样开始进入病区查房。杜宁46岁生日这天,其他队员主动要求和他调班,但他还是坚持在岗位上度过自己的生日。要知道,在病区多待一分钟,就会多几分感染风险。他们要询问检查患者身体状况,测量体温,记录临床症状及体征,对患者采取针对性治疗。一轮查房下来,至少需要在病区停留一个半小时,防护服和口罩常常被汗水浸湿,部分或完全失去防护效能。口罩紧贴鼻腔和口腔,非常容易让人窒息。每一次进入埃博拉患者病区,对医护人员都是一种极限挑战。

杜宁说,曾经有一天一次性转来了10名患者,光是对这些患者进行分诊、询问和简单的检查就花费了一上午的时间,离开病区的时候他整个人都快要虚脱了。为确保每名医护人员的安全,每天进入病房之前,医师组组长金波都会根据当日的工作量,精确计算出每一组医务人员查房的时间,在进病房之前对他们提出时限要求。

10:30,在主、副班分组进入病房开展工作的同时,备班人员及时来到监控室,记录医务人员进入病房的时间,手持对讲机,两眼紧盯监控室的显示屏,对医务人员病区工作进行全面监控。"靴子浸泡时间不够""洗手时间不够""摘面屏动作不规范",不一会儿工夫,担任备班的医生张昕帮助塞方护士纠正了3处不当动作。塞方部分人员特别是聘用人员,绝大多数没有从事过传染病专业工作和相关训练,虽经我方速成培训,熟悉了相关知识和基本流程,但少部分人效果仍然不尽如人意,特别是实操工作令人担忧。另外,塞方医务人员对传染病的风险认识不够,侥幸心理占据上风,需要随时提醒。

“杜宁请注意,你进病区的时间过长。”对讲机里突然传出医疗队长陈昊阳的声音。杜宁医生一愣,明明队长今天在驻地,怎么会在医院听到他的声音?从病区出来一打听,才知道医院的监控已经实现远程化。说起病区的监控,田林怀技师告诉记者,这些都是队员们身穿厚厚的防护服,一点一点安装的,“电子眼”有效保护了我们每一位医务人员和患者的安全。

10:40,一辆救护车将几位埃博拉疑似患者送到门诊大厅,进行隔离观察以及诊断治疗。疑似患者抵达医院之后,中塞医护人员立即发放口罩,然后逐一询问其年龄、接触史、症状及有无静脉采血等情况。医师组副组长徐哲介绍说:“此次西非埃博拉疫情爆发,医院内的感染是最重要的渠道之一。我们的一个重要任务就是尽量确保每一个没有感染埃博拉病毒的留观者是安全的。”根据初诊结果,医护人员将疑似患者分别送入留观室留观及治疗。

为科学防范交叉感染,所有疑似患者都被安排在单间进行隔离观察。可以看到在进病房前,每个患者均会佩戴特制的手环,上面标有患者的姓名、ID以及床位号等信息,这样可以更加有效方便地对患者进行管理。患者从入院分诊到实验室检测的这段时间最为宝贵。对于确诊的埃博拉患者而言,及早诊断就能及早接受专科治疗,就有可能保住生命;对于没有感染病毒的留观者而言,尽快排除病毒感染,也就可以尽快出院,降低风险。徐哲说:“保证留观者的安全,避免交叉感染,其重要性不亚于治疗埃博拉患者。对于我们医疗队来说,这里每一个生命都是极其珍贵的。”

15:40,医护人员再次进入病区开始忙碌。在监控里可以看到他们除了携带补充药品外,还拎着牛肉干、饼干、糖果、玩具熊猫、布娃娃等物品。据医师组组长金波介绍,根据埃博拉出血热患者防控隔离要求,母亲入院,与其亲密接触的小孩必须同时隔离留观。到目前为止,医疗队已经收治留观儿童40余名,其中年龄最小的才11个月。为了使这些小孩能够积极配合治疗、健康成长,医护人员想尽了办法。他们除了在用药上根据年龄大小适当调整剂量外,还想方设法通过赠送零食和玩具主动和他们亲近。护士霍翠华介绍说,每次在病区见到小孩,心里都非常难过,特别是面对一些因为父母死于埃博拉出血热而失去双亲的孤儿,双眼经常被泪水打湿。

18:00,当天值班人员顺利回到驻地,医疗队的日例会随即召开。“医师组今日与塞方召开例会,落实了增加门诊设施的有关事项……”“护理组进病区执行6人次,开展留置针的培训……”15个专业组正依次汇报当天的工作,布置第二天的工作。

19:30,医护交接班。

20:30,全队在食堂晚点名,全体队员被划分为4个行政班。各班班长清点人数后,由队长、政委总结当天的工作,并对第二天的工作进行部署。

22:30,各班清点人数,不允许队员们相互串门。另外,每周各班还要召开班务会、党小组会、各业务组会议等。每周日下午,全体人员召集在一起开队务会。在队务会上,队领导会点评这一周的工作,分析查找问题,安排重点工作。月末,医疗队要对一个月的重点任务进行梳理。

有句话是这么说的:"世界上最优秀的管理在军队。"看了中国援塞医疗队的精确到分秒的管理制度之后,也许这句话该改成"世界上最优秀的管理在中国军队"。正是中国军人特有的雷霆作风和铁的纪律,保证了这场艰苦卓绝的战斗的胜利。

4. 死生之间

死亡，对身经百战的军医来说并不陌生。他们见惯了各种传染病或者严重外伤造成的残破不堪的尸体，他们也曾经历过无药可治的致命病毒的威胁，但当埃博拉患者的死亡赤裸裸地呈现在他们眼前时，连李进这样顶天立地的汉子都有些难以承受——这种魔鬼病毒剥夺的不仅仅是人的生命，它还剥夺了人的尊严。

埃博拉患者的最后时刻，有个共同点，就是极度痛苦、毫无尊严，他们上吐下泻、七窍流血，人的身体就这样横陈在满地的血污之中——病人死前剧烈呕吐，仿佛要把整副心肠都呕出来，肛门撕裂一般喷溅出粪液和融化的肠壁组织，黑红的体液混合着人体组织沾满他们的身体，瞪圆的眼睛至死都没有闭上，留下两个灰白色的空洞，那是对死神的绝望控诉。

卡比亚就是这样死去的，见过他的人都忘不了他那双眼睛。他是留观中心接收的第一批患者之一，与他一起来的还有他的母亲。资料上登记的年龄是8岁，可看上去仅有四五岁的样子。因为长期营养不良，他比同龄孩子瘦小许多，骨节突出，四肢细如木棍，肚子却圆鼓鼓的。

来这里的第二天，卡比亚就死在了母亲的身旁。10月3日清晨，护士长刘丽英查房时发现卡比亚侧卧在冰冷的地板上，小小的身躯蜷成一团，一动不动，那双大大的眼睛却仍然睁着，直直地盯着床上的妈妈。

"他……他死了？"刘丽英不忍心看这悲惨的一幕，问在病床上躺着的女人。

她有气无力地点点头。

刘丽英是第一个见到病患去世的医护人员。作为一名训练有素的护士，她的第一反应是赶紧把尸体运走，马上隔离、消毒，片刻不能耽误。埃博拉病毒太可怕了，相比活人，它似乎更偏爱僵硬的尸体，一具具泡在血污里的尸体才是它们肆掠人间的最强生物武器。

当她们想把卡比拉的尸体带走时，奄奄一息的母亲发出一声凄厉的尖叫，用尽最后的气力向她们伸出双手。

刘丽英的心一下子就碎了！

同样身为母亲，她怎会不知道，濒死的女人不愿离开她的孩子。一阵阵出自肺脏深处的咳嗽震得卡比亚的母亲的身子不停地摇动，就在这一刻，她开始咳血，血沫从口中喷射出来，雪白的床单上溅满了斑驳的血点。她的面容开始因痛苦而扭曲，她的身体正在经受非人能忍受的折磨。此刻病毒已经完全占据了她的躯体，所有的医疗手段都失去了作用，人们只能眼看着她堕入死亡的深渊，却没有任何办法拉她一把。

所有目睹过这一切的人都会陷入深深的无助之中，医生们会觉得自己两手空空，心如刀绞，却没有武器，没有奇迹。在死神面前他们都束手无策。

几个小时之后，绝望的母亲也随着她的孩子一同走了。无论生死，没有什么能把一个母亲与她的孩子分开。

死神也不能。

卡比亚母子的遗体被装入裹尸袋，暂时安置在医院临时开辟的停尸房中。这里没有太平间，更缺乏遗体冷冻设备。医护人员只能对他们进行严格消毒，等待塞拉利昂政府的收尸队上门拉走。

留观中心的改建虽然是按照传染病医院的专业标准进行的，但毕竟不是彻底的重建，原本的中塞友好医院同非洲其他医院一样，没有太平间一说。除了贫困之外，还因为非洲的自然崇拜文化。生时，光脱脱的来到这个世上；死去，不论葬礼有多么热闹，最后都会被赤条条的拉去群山间草草埋掉，没有墓碑，没有棺材，最多一席裹身的白茅草。

疫情爆发后，塞拉利昂政府制定了强制政策，要求在疫情解除之前，对所有死亡的病人，民众不得擅自安葬，必须交由政府组建的收尸队统一处理。如果确定是埃博拉感染者，将被拉到指定地点火化，或者被专业填埋、消毒；如果病毒检测后确定不是埃博拉感染者，才可以允许家属自愿带走进行安葬。

规定是规定，千百年来形成的习俗早已刻进了非洲人的基因。收尸队和志愿者们有时会发现前一天填埋好的尸坑被刨开，尸体不翼而飞。他们先是吓得半死，后来才发现是被人给挖了出来，拉回家里偷偷举行传统葬礼。家人将亡者尸体清洗干净，穿上衣服，亲友们一个个上前吻别或抚摸。结束之后，把尸体重新清洗后拉到另一户亲戚家，再重复一遍刚才的仪式。埃博拉疫情在西非造成了数以万计民众的死亡，很大程度上就是因为这个原因。一户户人家被绝户，一个个村庄被消灭，一座座医院被摧毁，直到病毒来到人口百万的城市。

政府的收尸队根本忙不过来。疫情爆发后，塞拉利昂政府临时组建了6支收尸队，队员从警察和士兵中抽调，也有志愿者参与。弗里敦，一个百万人口的城市仅仅拥有6辆救护车，其中4辆被划拨给国家卫生部埃博拉疫情指挥部调度。这4辆老旧的救护车每天穿过城市，往返于贫民窟、收容所、医院、火葬场和“万人坑”，它们既要运送患者，又要接收尸体。疫情最严重的时候，活着的人都顾不过来，死去的就更无暇兼顾了。

10月3日，卡比亚死去的第一天，医疗队当即与塞拉利昂埃博拉疫情调度中心联系，对方答应派收尸队员过来处置，结果等了一天也不见人影，追问之下才知道收尸队员又在闹罢工。

10月，是弗里敦一年中最热的时候，白天的气温通常在35℃以上。临时停尸房里的尸体很快增加到了4具。

一个人死在了厕所里。医护人员发现他时，他正坐在一个小桶上，那是当地人使用的便盆，他就那么直挺挺地坐着，仿佛睡着了一样。通常病人死亡之后身体是软的，而他的身体是僵硬的。也许是因为严重的腹泻，就那么死在那里了。埃博拉病毒会凶猛地攻击人类的消化系统——一次便溺就可能结果了性命。

还有一个人坐在留观中心候诊室大厅的排椅上等待候诊，入院时他已经虚弱得站不住了，医护人员正在为他办理入院手续，十分钟的光景，他突然滑倒在地，一阵剧烈的抽搐之后人就断了气。那种死状给在场的所有人都留下了巨大的心理阴影。

这些尸体此刻就存放在温度高达40℃的临时停尸房里。每时每刻都在膨胀，它们已经变成死神手里的人体炸弹，没有人知道它什么时候会突然爆炸，将无数个致命的埃博拉病毒释放到空气中，杀死医院里的所有人。

直到第三天下午，收尸队员仍然没有出现。

李进已经连续两个晚上没有合眼，双眼熬得通红。电话不停打到塞拉利昂卫生部，甚至请求赵彦博大使通过外交渠道恳请总统下令收尸队员立即到留观中心运走尸体，嗓子都喊哑了，就是不见收尸队员的踪影。非常时期，谁也拿不出妥善的解决办法。

后勤保障组组长郭桐生更是急得团团转，处理尸体是后勤组的主要任务之一。三天下来他不知道挨了李进多少骂，一个40多岁的大男人第一次知道什么叫作“叫天天不应，叫地地不灵”，他急得都快疯了，好几次甚至想自己上去把尸体扛走！

太阳变成远方黯淡的红光，眼看就要消失在群山之下。收尸队员仍然没有出现。

李进的眼睛都瞪直了。他就这么一动不动地站在办公室窗口，直直盯着医院大门外的土路，两个小时一言不发。

“来了！来了！”突然间，有人大叫起来。

土路的尽头，一辆救护车拖着黑烟呼啸而来。李进回身一脚踹在郭桐生屁股上：“还不快去！”

在塞拉利昂执行任务的60天里，几乎每天都会有意想不到的状况发生，每个人都有自己难忘的经历，或是惊心动魄，或是危险重重，或是狼狈不堪，或是充满哀伤。卡比亚的离去一度让队员们感到挫败，好在雅尤玛的故事有个温暖的结局。她小小的生命安抚着每个人的心。

雅尤玛是个漂亮的小姑娘，有着小鹿斑比一样的大眼睛，长睫毛忽闪忽闪。

她是和妈妈一起来的。妈妈病得很重，到留观中心的第二天就去世了。妈妈走了之后，9岁的雅尤玛没怎么哭闹，也许她还不明白死亡是怎么回事，只是显得有点忧郁，不肯待在病房里。时常一个人站在走廊里，看着来来往往的医护人员发呆。

入院时雅尤玛并没有感染的症状，然而埃博拉病毒最终没有对这个刚刚失去了母亲的孩子网开一面。最糟糕的情况到底还是出现了。雅尤玛开始发烧、呕吐、腹泻，连说话都含糊不清——这是埃博拉出血热发病初期的典型症状。

按照规定，一旦发病，被确诊后的病人应该转到治疗中心接受救治，而当时的疫情发展过于猛烈，治疗中心的床位严重不足，许多患者只能留在留观中心进行治疗。雅尤玛也因此留了下来。

医疗队开始全力以赴救治雅尤玛。他们组建了一个强大的"妈妈团"——医疗队的8个护士里，有7个已经当了妈妈，面对这个随时都有可能逝去的小生命，每个妈妈的心都揪成了一团。

雅尤玛的症状一天天加重。医生发现雅尤玛的鼻子和下体开始出血——这是埃博拉出血热的晚期症状。

奄奄一息的雅尤玛眼神开始涣散，不肯吃药，虚弱得像只受伤的小兽。刘丽英急了，她放下手里的药，想俯下身去抱一抱这个可怜的孩子。同在病房里的同事赶紧过去拉住她，在这里，医护人员不允许与病患进行接触——埃博拉病毒通过体液传播，尤其血液最为危险，雅尤玛在流鼻血，这时候靠近她都相当危险，更何况是直接的身体接触。

雅尤玛好像明白了刘丽英的意思，她听话地吞下了药片，十分懂事地配合所有治疗。她的病情没有继续恶化，几天之后，竟然奇迹般地好转了！她对给她喂药的刘丽英说“Good”和“China”，刘丽英笑得流出了眼泪……

雅尤玛还在康复，妈妈们却要离开了。按照计划，首批医疗队员回国在即，在与前来接棒的第二批战友们交接工作时，刘丽英依依不舍地把雅尤玛托付给了第二批妈妈团。

回国之后，队员们要接受21天的隔离观察。刘丽英一边急切地渴盼与家人团聚，一边依然牵挂着刚刚病愈的雅尤玛。妈妈去世之后，她就成了孤儿，其他家人一直没有出现，医疗队不得不开始联系当地的孤儿院。

谁也没有想到，几天之后雅尤玛的舅舅突然出现了。他从塞拉利昂东部城市凯拉洪坐了半天汽车赶来弗里敦，专程来接雅尤玛回家，跟着他和他的妻子儿女共同生活。

这实在是一个意外的惊喜。第二批妈妈团赶忙把消息告诉还在隔离期的刘丽英，所有人都高兴坏了，电话那头，刘丽英的声音都在颤抖。

出院之前，医疗队员们特地为雅尤玛举办了一个小小的派对。简陋的办公室里，队员们脱下厚重的防护服，买来蛋糕糖果，点燃蜡烛，为战胜了非洲死神的雅尤玛庆祝新生。妈妈团成员都各自准备了礼物，漂亮的新衣服、童书、零食和玩具，满满当当塞了一个大箱子。她们还在医院里组织了一次募捐，为了感谢雅尤玛舅舅，也为了减轻一点他的负担——舅舅的生活也不好过，一家四口住在凯拉洪的贫民区，现在又要抚养一个9岁的外甥女。

欢送派对上，每个妈妈的眼里都泪光闪闪，雅尤玛和舅舅的脸上却只有欢乐。那是一种非洲人独有的特质，也许是因为饱经苦难，不管疾病、瘟疫、战乱、贫穷夺走他们多少亲人，带给他们多少苦痛，他们总能欢笑着活下去。生命在这里展现出令人动容的高贵与顽强。这也成为许多队员到这里之后最深刻的印象和感触：在这里，我们与他们之间的界限逐渐模糊，所有人都曾在肉体和精神上一起经受过痛苦；无可挽回的分离，难以忍受的痛苦，但所有人都不曾放弃希望。所有人都有着共同的信念，等这一切都结束之后，我们要回到真正的故乡，在大海边，在青山上，在自由的国度里，在安宁的家庭中。我们拥有一个共同的故乡，那是我们幸福的所在。

5. 中国的成绩单

与医疗队所在的办公楼仅一墙之隔的院子里，带着移动P3出征的检测队员们也刚刚经历了惊心动魄的一天。

移动P3被安置在中塞友好医院的院子里，医疗队与检测队两组人马分工合作。医疗队员们都是军人出身，说话做事雷厉风行，而检测队员们都来自中国疾控中心，大多是公共卫生与病毒学方面的专家。

按照当地政府的部署，中国实验室检测队的主要任务是面向弗里敦西区的多家医院，接收他们每日送检的样本，并保证在24小时之内给出检测结果。

病毒的实验室检测是埃博拉患者确诊的重要依据。只有检测结果呈阳性，疑似患者才能被确诊。按照当时的规定，只有被确诊的患者才能转到专门的救治机构进行治疗。早一天出结果，患者就能早一天被确诊。实验室检测的效率与正确率，是决定这场战争胜负的关键。

疫情期间，塞拉利昂政府组织了专门的队伍负责样本送检。这些人多是临时招募的志愿者，有些没有经过严格的培训就上岗了。跟他们打交道，什么样的情况都有可能发生。为了避免直接接触，检测队在院子门口放置了一个取样箱。送来的样本被放置在取样箱中，等送检的人离开后，我们的接收队员两人一组走上前去，其中一人轻轻打开箱子，确认数量后一一消毒，转身缓步送入移动P3上的传递窗口。另一人马上提起喷射器，沿着队友走过的路线一路喷洒消毒液。

样本上车后，最危险的病毒灭活开始了。

为了确保安全，检测队员一般两人一组共同进入移动P3操作病毒。今天上车的是张晓光和曹玉玺，他们是队里的老手，每次上车前，他们都会习惯性地拍拍彼此的后背，久而久之就成了队里一种特有的“上车仪式”。

进入移动P3，第一步先是进入辅助仓穿防护服。

实验人员同样要严格遵守标准36步流程——首先换穿一次性内衣裤、袜子和鞋，戴上口罩、套上鞋套，再穿上白色连体防护服、戴上内层手套、穿上黑色软质长筒防水靴套。头部由连接腰间送风机的正压头罩完全包裹，这是安全防护的核心部件，次外层还要穿上用一种化纤材料制成的蓝色反穿服，最后戴上外层手套。这身行头套上之后，浑身上下便已没有一丝裸露，手腕、脚踝、腰部和脖子都用松紧带勒紧。尽管送风机呼呼启动，但是还没走出几步，两人都已经开始冒汗了。

厚重的主门在身后缓缓关闭，一阵高浓度氯水的刺激气味冲进鼻腔，呛得人眼泪直流。一个接一个白色舱门依次关闭，最后，实验人员来到实验室核心的检测舱室。这里非常狭小，面积不足3平方米。

张晓光小心翼翼地打开样本袋，将弗里敦西区各医院送来的临床病毒样本放进生物安全柜。他提醒队友说："样本内可能有采血用的针头，存放标本的玻璃试管也可能破碎，必须格外注意！"

来这之前，队员们就深知塞拉利昂卫生系统力量薄弱，培训程度不高，接样时遇到输血、采样管使用不规范的情况时有发生，但万万没想到，他们居然能把带血的针头留在采样盒里——针头极易刺破防护服，一旦刺穿，感染的风险极高。

第一批执行任务的队员共遇到过5次针头，他们不得不隔着手套用镊子小心翼翼地把针头挑出来，看似简单的动作，每次做完都是一身冷汗。

在监控镜头里看实验舱，仿佛在看电影慢放镜头一样，实验人员转身、移动、拿取、放下，所有的动作都慢半拍。越是富有经验的实验员，动作越是轻、缓。所有操作容不得一丝差错。在这里犯错误是要付出生命的代价的——不久前他们才在新闻上看到，美国亚特兰大生物安全实验室的科研人员在对炭疽杆菌灭活时，由于未能遵循正确操作程序，导致数十人接触到致命的炭疽杆菌。

首先要给样本编号。张晓光拿起一只50毫升离心管，里面存放着消毒溶液。先是用专业的标签笔写下编号。编号代表着中国移动实验室接收样本的数量——截至当日已采集183例。

接下来，实验人员将双手伸进生物安全柜，开始整理送检样本。张晓光小心地从包装袋中取出一份标本，和一支带有编号的离心管放在一起。曹玉玺则在一旁仔细辨识和记录样本信息，拍照记录。每一份样本对应的实验室编号是唯一的，直接对应最终检测结果，相当于患者的“判决书”，绝不能弄混。

40分钟后，全部样本整理记录完毕，资料通过局域网传到指挥车，汇总上报。随后，两名实验员把存放病毒样本的离心管放进一个方形铁盒里——这叫“水浴锅”，60℃恒温加热1小时，对埃博拉病毒进行灭活。“水浴”结束后，提取核酸工作才正式开始。

没多久，对讲机中发出来自指挥车的声音：“又新送来5份样本。”

因为实验室面向多家医院，有些医院距离远，所以样本送来也有早晚，有时一天要接七八批，而等待检测结果的时间只有24小时，不能拖到第二天。队员们加班到凌晨是常有的事。

以往，检测高致病性病毒有“三不”：“走不动”——只能在固定实验室里操作；“快不了”——检测一个样本至少需要一天时间；“检不出”——检测试剂均用国外产品，结果很难掌控。

想起初到塞拉利昂那段时间，最让钱军担心的还是移动P3以及他们的诊断试剂能否顺利过关。外国媒体甚至直接问道：“靠假病毒实验制造的诊断试剂可靠吗？”

好在他们经受住了考验，交出了令各方满意的答卷——中国移动实验室检测队自2014年9月抵达弗里敦开展工作以来，在世界卫生组织和塞拉利昂卫生部组织的两次质量考核中，检测准确率均为100%。

更为关键的是，凭着拥有自主知识产权的P3实验室、检测试剂，中国移动实验室检测队树立了技术上的威信。

“我们以前是学生、游戏规则的遵守者，生怕人家说我们这不合格、那没做好，但是现在我们对自己的检测结果非常自信，我们甚至可以向其他实验室提供建议，帮助他们改进。”钱军说，美国疾病控制与预防中心的人看到中国的P3实验室都感到惊讶，“你们的P3实验室这么好，看到我们的实验室会笑话的”。

包括美国在内的其他国家和国际组织也在塞拉利昂

建立了检测实验室和治疗中心，虽说抗击埃博拉疫情是一场不分国界的战斗，但私下里，各国的科学家还是在暗暗较劲的。

自1976年被发现以来，西方国家对埃博拉病毒进行了将近40年的研究，而我们的检测队员直到上了战场才第一次接触活病毒。就是在这种情况下，2014年10月31日，中国实验室检测样品106例，累计检测样本1094例，单日破百，总量过千，美国、加拿大、南非三国花费了69天才突破的千例大关，我们只用了不到一半的时间。

9月28日至11月11日，中国移动实验室检测队共检测样本1635例，检出阳性样本847例，运行45天来，塞拉利昂全国四分之一的样本、三分之一的阳性样本和首都地区二分之一的阳性样本，都是由中国移动实验室检测队检测完成的。

中国移动实验室检测队以闪电式的成长，成为塞拉利昂抗击埃博拉疫情的中坚力量。

赵彦博大使拿着这份沉甸甸的成绩单对联合国应对埃博拉疫情特别代表团团长邦博瑞说："请看看这些数据，中国的作用就摆在这里！"

塞拉利昂总统科罗马在接见联合国相关人士时说："支援非洲要向中国学习，中国给全世界树立了榜样。"

11月11日，中国移动实验室检测队首批队员最后一次执行实毒检测任务。第二批检测队员先遣组已经到达，抗击埃博拉的接力棒就要交到他们手上。

11月15日中午12点，弗里敦隆吉国际机场，中国移动实验室第二批检测队员列队走下舷梯，在停机坪集合，远远地向候机厅玻璃幕墙后的战友们挥手致意。

与此同时，中国人民解放军首批援塞医疗队也顺利完成了自己光荣的使命，并与第二批队员顺利完成了交接。在20多个国家援救队伍中，中国人民解放军援塞医疗队创造了日均收治病人最多、日均住院病人最多、治愈率最高、全体队员无一例感染的救援纪录。

两个月的酸甜苦辣，两个月的咬牙坚持，两个月的生死考验，在飞机降落在首都北京的那一刻，队员们任凭眼泪肆意横流。

沸腾的机舱内，李进拿出手机编发了回到祖国后的第一条短信：

“一个都不少，我们回家了！”

第五章

疫苗

1. 中国版疫苗
2. 病毒猎手
3. 疫区的实验

1. 中国版疫苗

时间　2015年

坐标　中国　北京

那段时间，陈薇每天都从媒体上关注着西非埃博拉疫情的动向。国家已经向塞拉利昂派出了由中国人民解放军援塞医疗队和由中国疾控中心组建的病毒检测队，有关部门也已经召集了好几次专题会议，讨论疫情应对措施。可是，自己的研究团队研发了十年的埃博拉疫苗却还停留在实验室，陈薇越想越着急。

疫情已经到了刻不容缓的阶段！

此次疫情爆发于2014年2月，埃博拉病毒在沉寂了近十年之后再一次卷土重来，西非三国顷刻间被疫情阴霾所笼罩。新闻里说，这是埃博拉疫情自1976年首次出现以来，规模最大、致命性最强、传播面积最广的一次爆发，被视为现代社会最严重的一次公共卫生安全危机。

世界卫生组织给出的数据让全球都为之胆寒：截至2014年12月2日，几内亚、利比里亚、塞拉利昂、马里、美国以及已结束疫情的尼日利亚、塞内加尔与西班牙累计出现埃博拉确诊、疑似和可能感染病例17290例，其中6128人死亡。

陈薇心里清楚那些评论员在镜头面前不敢直说的话：虽然病毒暂时还没进入中国，但每天全世界有无数架飞机往来于西非和世界各国之间，理论上，来自热带雨林深处的致命病毒可以在24小时之内抵达地球上的任何城市。而且即使最顶尖的微生物学家也很难预判病毒的变异方向，如果任其发展，一旦埃博拉病毒变异出可以在自然状态下通过空气传播的特质，那么不仅西非人民将面临灭顶之灾，全人类都将遭逢空前浩劫。事实上，雷斯顿埃博拉病毒已经可以在室内通过飞沫在猴子之间传播了。

“这种病毒有能力按比例减少全球人口，也许30%，也许90%。”卡尔·约翰逊的警告真的要应验了吗？

陈薇猛地打了一个冷战。

“不能再等了！”

她要正式向组织申请到非洲去，到抗击埃博拉疫情的第一线去。自己带着团队研发了十年的疫苗很有可能成为终结埃博拉疫情危机的终极武器。

陈薇，中国人民解放军军事医学科学院生物工程研究所所长，中国工程院院士，我国多个致命病毒疫苗的研发者。1966年出生于浙江兰溪，50岁时就被授予少将军衔，是军队里少见的在职女将军，也是我国生物危害防控领域内的唯一一位女将军。

乌发齐肩，长相清秀，一副金丝框眼镜，如果不穿军装，一般人很难把眼前这位优雅知性的江南女子与共和国女将军的身份联系在一起。熟悉她的人都知道，陈薇性格坚韧，心细如发，做起事来雷厉风行，身上有股不折不扣的军人作风。

2014年西非疫情爆发之后，美国、英国和加拿大才加紧了对埃博拉疫苗的研发进程。西方国家的疫苗是最早进入非洲的，但由于他们多年来对埃博拉病毒的研究都是建立在1976年出现的扎伊尔病毒的基础之上，疫苗也是针对扎伊尔病毒，因此并不能完全适应此次非洲的疫情。

毕竟快40年过去了，埃博拉病毒早已发生了变异。而且疫苗是要进入非洲的，美加版的液体疫苗需要在零下80℃的环境中保存，这在气候炎热又缺乏冷链运输储存条件的非洲显然不很实用。

默默耕耘了十多年的陈薇早有准备。她当机立断，必须做出针对此次疫情的2014基因型疫苗，最好是方便在非洲进行保存和使用的冻干粉针剂。

陈薇果断采取了“换道超车”的模式——坚持前瞻性，坚持自主研发，不跟在别人的后面跑。

自研发初期开始，陈薇团队就在不断尝试新的技术路线。经过艰苦的摸索，他们排除掉VLP（病毒样颗粒）疫苗、灭活疫苗和DNA疫苗等多种方式，最终确立了病毒载体疫苗。

实验室研究很快完成，疫苗进入中试制备。

陈薇带领团队争分夺秒，与国内经验丰富的团队——天津康希诺生物技术有限公司合作，完成快速应急中试制备，同时走国际合作路线——联合加拿大国家微生物学实验室开展合作研究。

动物实验进展顺利，实验结果非常理想，接下来就是临床试验，新的问题接踵而至。

别国的埃博拉病毒疫苗临床试验，通常是在非洲选择一个非疫区开展小型的I期临床试验，证明疫苗的安全性，然后在非洲疫区开展大型的II期或III期试验，证明疫苗的有效性。可是，在国外开展I期临床试验，手续极其烦琐，试验成本也极高。

时间就是生命，疫苗早一天研制出来，疫情就能早一天被控制。他们是在与死神赛跑，没有时间按常规方式来做了。权衡之下，陈薇决定先在国内做I期临床试验。

2014年底，陈薇团队的埃博拉病毒疫苗I期临床试验在国内开始进行。在泰州，陈薇团队与江苏省疾控中心合作，针对中国受试人群完成了随机双盲、剂量递增、安慰剂对照临床试验。在杭州，陈薇团队与浙江大学第一附属医院合作，针对在华非洲人群开展临床试验，这是我国境内开展的首个针对非中国人群的临床试验。比较泰州和杭州的临床检测结果，疫苗显示出良好的特异性和一致性。这意味着，研发与实际应用之间的距离越来越短了。

接下来，就是前往非洲了。

2015年9月，陈薇带着团队里的年轻人收拾好行李，启程去塞拉利昂进行II期临床试验。这也是中国疫苗在国外首次进行临床试验。

临出发前，研究所一楼大厅满满当当地摆着30多个黄色纸箱，箱子里装着采血管、棉球、试剂等各种试验材料。大家忐忑而兴奋，每个人都忙前忙后，同时想象着那个号称是世界上最贫穷的国家的样子。

随队出征的很多都是陈薇的学生和科研助手。看着这群既紧张又兴奋的年轻人，陈薇犹豫了。

作为一名军人，雷厉风行是陈薇的一贯作风。之所以犹豫，并不是对于自己研发十年的埃博拉病毒疫苗缺乏自信，而是因为没有人比她更清楚到疫区做临床试验所要面临的风险。

陈薇的内心与其说是矛盾的，毋宁说是煎熬的。女性的悲悯天性，让她希望疫情能够尽早过去；军人的使命感，让她希望能凭借自己的力量去结束这一切；科学家的敏锐告诉她，疫情的出现将是进行临床试验的一次绝佳机会；

但是,谁也说不清楚亲赴疫区一线与病毒短兵相接最终会是什么结果,带出去的学生和团队万一有人染病怎么办?自己感染了怎么办?怎么向家人交代?怎么向组织交代?

2. 病毒猎手

大概没有谁比真正的病毒学家更害怕病毒的了,他们对病毒的敬畏源自知识,是基于理性的深切尊重。

人类的传染病大多由细菌、真菌和病毒引起。抗生素的发明是人类历史上的一个里程碑,从此之后人类便掌握了对付细菌和真菌的有效武器。但病毒不同,它们体积小、繁殖方式奇特,没有自己的新陈代谢系统,抗生素对它们不起作用,只能依靠人体自身的免疫系统来应对。但是,免疫系统经常不够给力,需要借助外力才能和病毒对抗,于是人类发明了干扰素和疫苗。干扰素相当于兴奋剂,可以给免疫系统加把劲,但兴奋剂的效用总归有限,只能在短时间内发挥功效,时间长了便不起作用了。疫苗相当于警报,让免疫系统事先囤积弹药,做好迎敌的准备,但新疫苗的研制需要时间,很难用来应对急性传染病。再加上疫苗研制成本高、有效期短,单纯依靠生物制药公司的力量很难盈利，这也是尽管埃博拉病毒毒株在1976年就被运送到了美国，但发达国家针对该病毒的疫苗研发积极性始终不高的原因。

更要命的是，某些病毒的变异速度奇快。一般细菌的变异率是人体细胞的1000倍，而病毒的变异率又是细菌的1000倍！目前发现的五种埃博拉病毒中，雷斯顿病毒是唯一一个被证明能以气溶胶方式传播的，虽然目前只能感染猴子，但谁知道哪一天它们不会变异成超级病毒，连人类一同绞杀干净？

2012年，我国科学家报告了中国境内的首个埃博拉病毒案例——在中国境内抓获的843只蝙蝠，有32只检测到了雷斯顿病毒的踪迹。

你以为它们只在半个地球之外的非洲雨林里，或者只在冷冰冰的新闻里吗？不，它们就潜藏在你身边，与你不过咫尺之遥。

国外的同行们有句话是这么说的："摆弄埃博拉病毒的那些家伙都是疯子，还是去玩更安全的东西吧，比方说炭疽杆菌。"

正是因为这种病毒的高危性，全世界真正了解它并知道如何应对的人屈指可数，陈薇在其中算是个另类。她是全世界最优秀的病毒猎手之一。

很多媒体的报道中，把2004年作为陈薇进行埃博拉病毒研究的起点，并惊叹她的预见性。但其实，从炭疽杆菌到SARS病毒再到埃博拉病毒，她与病毒的短兵相接早在20多年前就开始了。

1999年，博士研究生毕业一年的陈薇就开始了炭疽杆菌的基础理论和疫苗研究工作。2001年，美国炭疽事件之后，她带着30多个热血沸腾的年轻硕士、博士研究生开始了对炭疽杆菌的攻坚战，最终吹响了胜利的号角。他们凭借此项研究拿下军队科技进步奖一等奖，人类闻之色变的炭疽杆菌，已经基本被陈薇攻克了。

2003年，SARS疫情爆发。在又一次打赢了这场硬战之后，陈薇在后续的研究中参与了一项中德合作的科研项目，一次偶然的机会她得知课题组中的一位德国教授同时也在做埃博拉病毒的基础研究。

“真是天赐良机！”

多年与病毒交手的直觉告诉她，是时候面对人类有史以来最为恐怖的对手了。

埃博拉病毒，在全世界病毒学家的眼里是公认的“最为恐怖的对手”，也是人类最优秀的病毒猎手们共同的目标。对这种级别的敌人，陈薇早就想与之较量一番了，但之前苦于没有条件——没有病毒、没有技术、没有团队——一无所有之下，陈薇不得不将其暂时搁置。

但只要机会初露苗头，陈薇便毫不犹豫地踏上猎杀埃博拉病毒的战场。

2004年，陈薇申请了国家“863”项目。随后的近十年里，埃博拉疫苗科研工作夜以继日地展开，如静静流淌的河水，悄无声息却绵延不绝。

其实做埃博拉病毒研究远不如做炭疽杆菌或者SARS研究那样有曝光度。由于埃博拉病毒的一度沉寂，西方国家对此也并不热情。只有陈薇，科学家的天赋告诉她，这是她的使命；军人的直觉告诉她，致命杀手与北京之间，不过一个航班的距离。

致命病毒从来就是人类共同的敌人。埃博拉疫情虽然从未在中国爆发，但作为一名军人，陈薇清醒地认识到，这种致命病毒不仅意味着一次次夺去千万人性命的血疫，更有可能被作为潜在的生物战剂与生物恐怖武器。

生化武器？这是杞人忧天吗？这是危言耸听吗？

如果你怀疑，请看以下几个事实：

第一，这种类型的病毒在历史上已经被用于生物武器化的研究。美国在1969年终止攻击性生物武器计划前，已将黄热病毒和裂谷热病毒武器化。据报道，苏联和俄罗斯曾经大量生产包括马尔堡病毒、埃博拉病毒在内的生化武器，直到1992年叶利钦宣布终止生物武器计划才停止生产。

第二，这种类型的病毒可以通过气溶胶感染。多项研究表明，马尔堡病毒、埃博拉病毒等可通过气溶胶感染灵长类动物。这就意味着，空气可以成为传播介质。

第三，在美国发生的多起炭疽粉末信件的生物恐怖事件警告世人，生物恐怖袭击是现实存在的，并且会在没有任何预警的情况下突然发生。美国疾病预防控制中心将可能的生物恐怖剂分成ABC三类，而包括埃博拉在内的出血热病毒被分在A类生物恐怖剂清单中。

第四，恐怖分子曾经寻求埃博拉病毒作为生物恐怖剂使用。日本奥姆真理教在东京地铁施放化学试剂沙林，成为臭名昭著的恐怖集团。据报道，他们曾经到非洲寻找埃博拉病毒，用于研发生化武器。

第五，埃博拉出血热致死率极高，且易于传播，更重要的是，到目前为止，全球并没有任何有效的治疗药物，这种病毒一旦被用于生物恐怖袭击，我们无法想象人类将面临何种劫难。

十年无闻的坚守，个中滋味，又能与谁言说？

2014年，西非埃博拉疫情大爆发后，这种病毒才真正引起了国际社会的广泛关注，陈薇这个名字也随之进入了大众视野。

在埃博拉疫苗研发的战场上，从某种意义上说，同样具有研发实力的美国和加拿大既是中国的战友，又是中国的对手。

然而，尽管有无数全球顶级病毒学家的研究工作做铺垫，埃博拉疫苗的研发之路依旧困难重重。三四十年来，埃博拉疫苗始终未能面世，其中一个重要原因就是处理这种病毒必须要在四级生物安全实验室中进行，这是一个硬性条件。

通常来说，根据密封程度的不同，国际上将生物安全实验室分为四个等级，即P1、P2、P3和P4。"P"是英文Protect（保护）的缩写。第四级即P4实验室是生物安全最高等级，可有效阻止传染性病原体释放到环境中，同时为研究人员提供安全保证。

一般而言，现代医学将传染病原分为四个危害等级。第一级病原体对成年人几乎不会造成大危害，如大肠杆菌等；第二级病原体对人类引发的疾病比较轻微，而且通常有预防及治疗的方法，如腮腺炎病毒、麻疹病毒等；第三级病原体则能够在人类种群中引起严重或致死的疾病，人们闻之色变的炭疽杆菌和SARS病毒就属于这一级别。人类针对不同等级的病原体建立了不同等级的生物安全实验室。

一级实验室我们并不陌生，专业的研究所、许多条件好一点的大学都有配备，进入这里的人只需要戴上手套和口罩即可，试验台是开放的，实验室不会和大众隔离。二级实验室危险系数相对高一些，大多对公众隔绝，只有实验人员可以出入。三级实验室处理就相当专业了，对进出的实验人员要求很高，需要接受严格的特种培训。

最高防护实验室被称为生物安全四级实验室(以下简称“四级实验室”)。在这里，人类最精锐的微生物学家与自然界最致命的病毒贴身肉搏——它们通常具有极高传染率与致死率，人类对其知之甚少，一旦感染没有任何治疗方法。正因为如此，圈内人把这里叫作“魔鬼实验室”。

四级实验室装有特殊的空调系统，进入这里的空气温度与湿度都是预先设定好的，过滤程度达到99.999%，能保障空气在整个环境中一小时循环多次。实验室采用定向负压系统，其核心区的压强达到负40帕，这样实验室空气的流动，只能是通过高效过滤器从外面进来，而保证实验室内的空气不向外流动。

典型的四级实验室由更衣区、过滤区、缓冲区、消毒区、核心区组成。在实验室的四周装有高效空气过滤器。到达实验室的核心区，总共有10道门，最里面的7道门是互锁的，也就是说，如果一道门没有关好，另一道门肯定打不开，这样能避免空气的流通。同时，这里有严格、复杂的管理程序，为了确保绝对安全，只有得到批准和持有磁卡通行证的人才能进入，有的要通过指纹门禁系统进入，而且所有出入的人员都由电脑记录在案。

四级实验室需要与其他建筑完全隔离，并且在实验室内部启动空气负压设备，使得实验室的气压始终低于外界，严防病原体随着空气散逸到室外。实验人员全部都受过严格训练，并且穿戴全封闭防护服，这种防护服装有接口，由实验室独立的供氧系统向防护服内部输送空气，每个实验人员身后都会拉着一条长长的输气管，就好像在深海作业一样。这么烦琐的设计就是为了确保实验人员和病原体绝对隔离。在离开实验室的时候，实验人员会被化学药品和紫外线反复消毒，确保将防护服上所有可能存在的病原体杀净，因为四级实验室哪怕发生一丁点泄露，都有可能造成不可挽回的生态浩劫。

埃博拉病毒就属于需要在四级实验室里处理的极度危险的病原体。而四级实验室的造价及其维护费用十分昂贵，截至目前，除中国外，目前全球公开拥有四级实验室的仅有美国、法国、加拿大、德国、澳大利亚、英国、瑞典和南非等国。其中，位于武汉的国家生物安全四级实验室（圈内人称之为“武汉P4实验室”）备受瞩目，被誉为病毒学研究领域的“航空母舰”。

生物安全四级实验室是人类目前唯一可对埃博拉等活体病毒做实验的安全场所。陈薇的胜利，背后正是中国国力的全面提升。

3. 疫区的实验

时间　2015年10月

坐标　塞拉利昂　弗里敦

飞机在一阵颤抖中终于降落在弗里敦机场的跑道上，陈薇被落地的震动惊醒了，透过狭小的舷窗向外望去，天空刚刚把最后一丝光亮收走。她下意识地把手表指针逆时针转了8个圈，然后打开手机。手机屏保上，是丈夫与儿子乐呵呵的笑脸。

最糟糕的时候已经过去。前期援塞的战友已经圆满完成任务，并为后期的药物、疫苗等研发工作打开了局面，但是，抗击埃博拉疫情的战役远未结束。在病毒猎手的战场上，这是陈薇第一次与这个看不见的对手正面交锋。

陈薇的表情凝重起来……

飞机降落的地方，是刚刚被埃博拉疫情劫掠过的地方。

当埃博拉来袭时，首先崩溃的是塞拉利昂的医疗体系。

严格来说，塞拉利昂完全称不上有什么“医疗体系”。塞拉利昂有600多万人口，但只有不到200名医生、1000多名护士，8辆救护车。在中国医疗队到来之前，这一轮埃博拉疫情已经让塞拉利昂一半以上医生死亡，包括全国唯一一位专攻出血热的专家舍克·汗。越来越多的医护人员倒下或者逃走，医院成了无人敢靠近的孤岛。全国的8辆救护车，2辆已经报废，剩下的每天疲于奔命，拉走一车又一车的尸体。

塞拉利昂沦陷的时候，疫情早已蔓延出境，并且已经跨出了非洲。3名美国人，1名英国人，1名西班牙人，1名菲律宾人，1名荷兰人感染了埃博拉病毒，被感染者被迅速运回本国接受治疗。世卫组织总干事陈冯富珍发表声明说："这次埃博拉疫情是近40年来规模最大、最复杂、最严峻的一次，已经超出了卫生部门的控制能力。"为此，我国做出了派遣整建制中国人民解放军援塞医疗队的决策。

三批来自302医院的近百名医疗队员是陈薇最信赖的战友、最坚实的后盾。正是因为他们圆满完成了前期抗击埃博拉疫情的任务，才使得后续的疫苗与药物研发能够顺利进行。每次想到他们，陈薇都像吃了一颗定心丸，还有什么比生死与共的战友更值得信任与托付的呢？

出发之前，陈薇和她的团队自认为已经做好了充足准备，但接下来的情景还是令他们每个人都始料未及。

一下飞机，她们被一群衣不蔽体的乞丐包围了。幸好，前来接机的吴诗坡及时出现，带着大家"突出重围"。

吴诗坡是个80后大男孩，2007年从南开大学毕业后考上了中国人民解放军军事医学科学院的研究生，之后就一直跟着陈薇团队做埃博拉疫苗的研究工作。这个圆头圆脑的小伙子来自农村，踏实肯干，科研认真，很快就成长为埃博拉课题组的核心成员。在导师陈薇带领的大部队奔赴塞拉利昂之前，他作为先遣分队的骨干，已经在这里提前做好一切准备工作了。

从弗里敦隆吉机场到驻地要先坐船，再坐车。一路上，他们时不时被一群乞讨者堵住去路。车辆在坑坑洼洼的街道上穿行，满目尽是破败不堪的景象。几块写着“埃博拉就在眼前！”“把埃博拉踢出去！”的宣传标语牌零零星星地树立在街口，这场疫情还没彻底过去，但这座城市好像已经彻底将它遗忘。

一路颠簸，抵塞的第一夜，他们住进了宾图尼玛酒店。这也是之前援塞的战友们开辟出来的大本营。

陈薇和学生们抓紧时间把行李放到各自的房间，然后集体到食堂简单吃了点饭。长途飞行，有些队员由于时差、疲倦等原因出现了头晕的症状，陈薇自己也感觉不太好。北京与塞拉利昂有8个小时时差，北京早上8点，弗里敦还是半夜零点；北京下午4点，弗里敦则是早上8点。任务紧迫，大家一来就得投入战斗，哪里还顾得上倒时差。

许多人一夜无眠。第二天一早，他们匆匆赶往此行的目的地中塞友好医院。

一年前战友们在满院荒草中重建埃博拉出血热疑似病人留观中心的战绩让陈薇无数次为之骄傲、为之动容。她们抵达时，医院早已不复一年前的紧张气氛，这里人群熙攘，医护人员戴着普通的医用口罩，没有人穿防护服。自2015年6月下旬最后一名埃博拉患者出院后，这里几乎看不到疫情的踪迹了，医院也从埃博拉出血热疑似病人留观诊疗中心转为综合性医院。

医院门口贴着的一张蓝紫色通告，用英文写着埃博拉疫苗的接种流程，再加上四周随处可见的防埃抗埃标语，依然在告诉来访者，埃博拉疫情并没有远去。

“陈老师来了！”坐在进门处给受试者做登记的年轻人一眼就认出了陈薇。

“来啦！”侯利华连忙探出头来看了看，他是先遣分队的负责人，也是陈薇团队的得力干将。来这里个把月了，终于把大部队盼来了！他连忙转身进屋，拿着白大褂和口罩从检测室里走出来，陈薇接过来穿好。褂子上印着科研团队的标志，是陈薇专门为大家在上海定做的。

这一天，来自中国人民解放军军事医学科学院的基因型埃博拉疫苗研发团队，迎来了在塞拉利昂进行疫苗临床试验的首批受试者。也就是在这栋小楼里，中国科学家开始了我国自主研发疫苗在境外进行临床试验的首试。

在万里之外的战场上顺利会师，大家都很兴奋，人群中只有迟象阳的心依旧提在嗓子眼上，一路上她都在为老师陈薇的身体状况担心。

临行前，陈薇的丈夫麻一铭悄悄把迟象阳拉到一边叮嘱说："你可千万替我看好你们陈老师！她工作起来不要命的，一定要让她休息好啊！"

迟象阳一个劲地让他放心，心里想着应该没什么大问题吧。没想到在巴黎转机的时候，陈薇就发生了一次心脏早搏。

心脏早搏是一种心律异常的症状，患者会感到心悸、乏力、头晕及胸闷。它类似于电梯快速升降导致的失重感，释放了一个危险的信号，要是处理不当或者运气不好，很可能造成不可挽回的后果。

接下来的行程中迟象阳一刻都不敢大意，生怕再出什么意外。她总算明白麻一铭临行前千叮咛万嘱咐的缘故了。

然而，令人心悸的行程才刚刚开始。

才下飞机，陈薇就彻底忘记了刚在机场心脏早搏时快要晕过去的事。她真的是不要命了！每天工作20个小时，一连好几天。白天，去临床试验室，去受试者家里做回访，和大使馆的人会商；晚上一回酒店就开始和国内人士沟通处理各种繁杂的事务。身边的人不断提醒她要注意休息，但这样的提醒收效甚微。

一天，迟象阳跟陈薇去受试者家里做调查。在塞拉利昂开展临床II期试验期间，研究团队必须按照规定的时间对受试者进行回访探视。陈薇这次进行的是第三次回访。这一天，她们已经不知道接触过多少当地人了，陈薇每到一户人家都要跟人紧紧握手。

这是一户简陋逼仄的民居，不到十平方米的屋子里，弥漫着汗液、霉菌和牲畜粪便混杂的刺鼻气味。屋里唯一的家具是一个破烂的沙发，上面布满了斑驳的污痕。迟象阳看见陈薇的双手被一双满是泥垢的手紧紧地攥住，黑与白的对比分外清晰，这时她突然发现，陈薇的右手上居然有一道伤口！

迟象阳吓呆了！

疫情最严重的时候，所有在疫区的工作者必须穿着厚达3层的防护服，严格与人保持1米以上的距离。而现在陈薇却在毫无防护措施的情况下把伤口直接暴露在这样的环境下——那道口子大概有两厘米，虽然看起来伤得不重，但万一回访的人群中有一人携带埃博拉病毒，陈薇被感染的风险就极高。

“老师，你的手！”迟象阳尽量控制着自己发颤的声音。

“没事的。”陈薇轻轻摇头示意，打断了她的话。

非洲人真是热情啊！

迟象阳不得不抱怨起这样的热情来。在这个杂乱的社区里，走着走着就会听见远远地有人跟她们打招呼："Hi，Chinese！"每到一户受试者家里，都会涌上来一群女人和小孩，手中捧着小礼物。陈薇会俯下身去，抱起衣不蔽体的小孩，跟女人们聊起她们的孩子，一个细节一个细节地询问疫苗注射后的身体状况。

她们还去了塞拉利昂孤儿院。陈薇特意穿了件粉红色的西装。在孤儿院里，粉红色的陈薇被40多名孤儿包围了，他们一起跳舞、拍手、唱歌、合影，沉浸在天真烂漫的欢快之中。这些孩子都是此次埃博拉疫情幸存下来的孤儿，他们的家庭已不复存在。

那一刻，迟象阳好像终于知道陈薇为什么这么拼命了。

一直以来，非洲都是中国对外援助的重心。2001到2015年，中国帮助非洲建设或改造了70多个医疗卫生设施，邀请了约8万名非洲各国人才来华研修。直至陈薇团队进入非洲的2015年，中国已累计向非洲派遣了2.43万名医疗队员，诊治患者达2.7亿多人次。其中，有51名中国医疗人员永远长眠在非洲大地。

这里的人们喜欢中国人，不光是因为中国人给他们带来粮食与药品，为他们修建公路和大楼，还因为中国人会走到最肮脏混乱的贫民区的角落，跟躺在破席上的人握手,为他们治病,拥抱他们的孩子,同他们一起承受苦难与考验……

回到酒店之后,迟象阳赶紧拿过消毒液帮陈薇擦拭伤口。她们心里都很清楚,倘若真的感染了这种病毒,这种防范措施根本没有任何用处。她终于还是忍不住问:“您怎么就不害怕呢?”

“根本顾不上吧。”陈薇说。

2015年11月,在塞拉利昂的疫苗临床试验开始没多久,各项工作千头万绪,很多事务都需要陈薇亲自协调解决,外交、伦理、知识产权、法律、舆论、资金……问题接连不断。

塞拉利昂的金融系统不健全,临床试验的经费从国内汇不过来。当地的试验开始20多天了,带出来的第一笔经费捉襟见肘,钱再打不过来,在当地雇用的临时工作人员随时可能离开。光是为了解决这个问题,陈薇已经记不清打了多少个电话。最后实在没有办法了,大家只好回国,用背包分批次从国内把现金背过来。由于每人每次只允许携带数额有限的美元入境,因此团队成员几乎每个人都分配到了这项既光荣又危险的任务,一路上女生们把装着美钞的小包紧紧抱在胸口,惴惴不安地过安检、过海关,直到坐着由持枪保安护送的车抵达大本营顺利交差,所有人悬了一路的心才算是重新搁回了肚子里。

陈薇带来的疫苗点燃了人类战胜埃博拉的希望，不仅地方民众愿意向他们求助，连当地的中资企业也找上门来。在塞拉利昂的康克里里，某山东钢铁企业投资了一个矿，投资刚进去，埃博拉疫情就爆发了，所有工人都像逃难似的一哄而散。正在犯愁的项目负责人得知陈薇团队在当地做疫苗临床试验后，立即与他们联系，请求使用中国生产的疫苗。为了帮矿产公司做好防疫工作，陈薇调拨出一部分药品、针剂、防护服、手套、口罩、护目镜等各种物资，召集团队跟她去项目营地。从驻地到矿上有近200公里路程，下车时一摸，满身红土。顾不上自己的“红头土脸”，陈薇赶忙组织人手给几百名中方员工注射疫苗，帮助他们制定防范措施，临走时留下了所有的药品和护具。很快，矿厂就恢复了生产，至今为止依旧保持着“零感染”的纪录。

2015年11月7日，当陈薇还在弗里敦时，世界卫生组织宣布埃博拉疫情在塞拉利昂结束。中塞友好医院门前，陈薇被一群欢呼雀跃的人们高高托起，抛向空中。在此之前有500名塞拉利昂民众在这里接种了中国疫苗，当他们听说疫情已经结束的时候，他们再一次回到这里，同中国医生一起欢乐地起舞。疫情过去了，安全了！不管是黄种人还是黑种人，不管是科学家还是商人，不管是医生还是病人，每个人脸上都洋溢着灿烂的笑容。

追踪

下篇

病毒阻击战

第六章

追踪

1. 病毒星球
2. 通关游戏
3. 这里的杀戮静悄悄

1. 病毒星球

致命接触

——病毒猎手陈薇将军访谈录(节选)

作者:陈言

原载于**杂志第**期,本组报道获2016年“最具影响力”行业新闻奖

它们是最无情的杀手。手段极其凌厉,又极其隐蔽。十步杀一人,千里不留行。

它们是最高明的统治者。当它们蛰伏,人类得以繁衍生息、王朝兴盛、文化昌荣;当它们崛起,人类的世界顷刻间王朝崩坏,血雨腥风,它们几度横扫欧洲,所过之处,枯骨万冢。它们高高在上的时候,没有怜悯、没有救赎,唯有

真正的、彻底的公平，最卑贱的奴隶与最富有的国王同在它们的利刃之下颤抖，无所不能的“先知”和经验满满的医生都对它们束手无策。

一些百岁老人依稀记得它们的恶迹。90多年前，它们环游世间，短短两年之内杀掉的人数，远超两次世界大战的总和。十年前，它们也曾来到我们身边，我们不断听说有人死去，我们不敢走出家门，不敢走近人群，甚至连每一口呼吸，都弥漫着死亡的味道。

我们想要借一双慧眼，看清它们的模样。睁开眼睛的一瞬间，我们发现世界变得更加恐怖，它们在对面街上的菜市场里，它们在迎面而来的喷嚏中，它们悬浮混杂在我们每天吃的食物、喝的水里，它们在我们的皮肤上、身体里……在这个光怪陆离的世界中，它们才是这个星球的主人。

它们有一个名字，叫作微生物，而我们将重点关注的，是它们中的危险分子——病毒。

病毒的英文“virus”，源自拉丁语，意为毒蛇的毒液，或男人的精液——一个神奇的词，同时意味着创造与毁灭。

在这个时代，几乎每个人都已经跟病毒打过交道了。每年换季时偶尔患上的流感，让我们头痛欲裂、涕泪横流；常常见诸报端的禽流感、猪流感、甲型流感，让我们不寒而栗，市场上再也见不到活禽，一批批生猪被毁灭；十多年前的SARS仿佛就在昨日，一切都还历历在目……病毒一直离我们如此之近，却又显得异常遥远。

你了解病毒吗？如果我说，一些病毒曾经存在于人类祖先的躯体中，与我们相伴而行了千百万年，你会不会相信？如果我说，哺乳动物的胎盘最初是因为病毒进化而来，你会不会感到万分惊讶？如果我说，一些病毒在人类实现直立行走时离开了我们，而后以一种更为危险恐怖的姿态回归到我们身边，你会不会寝食难安？

你愿意去了解这个时而现形、时而蛰伏的存在于你的世界，时而要你性命的家伙吗？

你知道你的身边有这样一群时刻与之战斗，默默守卫着人类安全防线的特殊战士吗？

你愿意走进他们的战场，去侧耳倾听子弹无声的呼啸吗？

1. 谁的星球？

“727号成员，欢迎你加入瘟疫公司，从现在起你就是本公司的正式员工了，在这里我们会教你如何掌握或毁灭这个我们熟知的世界。

“727号员工，你的任务很简单，那就是彻底破坏这个世界。你以为我在痴人说梦？不。我们会给你提供你见过的甚至没见过的病原体。没错，在这里，细菌、病毒、真菌、寄生虫、朊病毒、纳米病毒甚至是生化武器就是你以后的助手了，至于怎样将它们散布至整个世界，那就是你的事情了。

“请小心，人类的科学家们会竭尽全力来消灭你。无论通过什么手段，海陆空？生物？血液？你的任务只有一个，那就是毁灭世界。请记住无论结果如何，我都会抱着最大的兴趣观察你的一举一动，你真的有资格启用这些禁忌的病原体吗？（埃博拉、SARS、僵尸病毒……）

“我很期待。”

这是网游《瘟疫公司》的开场白。一家英国小型游戏公司的产品，刚开始时玩家不多，却因为一场现实中正在发生的埃博拉疫情意外走红，在全球范围内风行一时。

跟国内流行的“三国”之类网游类似，只不过“用钱粮、武力、权谋征服天下”的任务被置换成“用病毒制造瘟疫毁灭人类”。游戏要求玩家站在传染性病原体的立场上，从世界某个不起眼的角落里出发，用尽各种方式将病毒散布到世界各地，从而制造一场超级瘟疫，最终的目的是毁灭全人类。

脑洞大开的游戏设计者给玩家提供了包括细菌、病毒、真菌、寄生虫、朊病毒、纳米病毒和生化武器在内的各种基本病原体，各有短长。游戏过程中，玩家必须选择其中的一种，并不断修正它的传染力和抵抗力，以便应对来自各国政府、医疗卫生机构和科学家们的反击措施。

以毁灭的方式征服世界，从而开启全新的宇宙，游戏设计者看上去三观不正，但从某个角度看似乎这才是宇宙运行的基本规律。不管批评者如何抗议，至少它为我们提供了一个有趣的视角："如果你是病毒，你要怎么在地球上生存下去？"

陈薇是这个游戏的资深玩家。一个顶级的病毒猎手，最擅长的就是从对手的角度看待自身。

人类文明的自负常常让我们膨胀到自以为是地球的主宰。我们人为地将生物分为肉眼可见生物和肉眼不可见生物，因为我们通常只关注目力所及的东西，我们思考生物多样性的眼界其实与全人类的视角一样狭隘。事实上，人类看不见的生物才是这颗蓝色星球的真正主角。

游戏还原了这个世界的本来面目——如果你是一颗病毒，那么展现在你眼前的是一个全新的、喧嚣的世界：海拔八千米以上的高峰、深达一万米以下的海盆，人类呼吸的每一口空气，喝的每一口水，吃的每一种食物，人体的皮肤、胃肠道和细胞……细小的微生物军团布满了地球上所有物体的表面，大一点的细菌身上也布满了体积更小一号的微生物。作为人类，无论如何也难以想象，站在病毒的角度看世界，竟然获得了一种类似于宇航员从太空看地球的开阔感：不管是从存在时间、进化策略、生物多样性甚至生物量主体任何一个维度来看，地球的主人都是那些肉眼不可见的微生物。人类在地球百科全书里最多只占一个注脚，一个显眼的注脚，仅此而已。

真实的世界的确如游戏中所展示的那样，病毒军团才是地球最古老的统治者。早在人类出现之前，它们早已渗透到地球的每一个角落，细菌、真菌、植物和动物，它们无处不在，所到之处，所向披靡。

病毒的构造极其简单，只有两种基本成分——基因物质DNA或RNA，以及保护基因的蛋白质外壳。它们简单到自己不能进行任何代谢过程，由于自身缺乏生长或繁殖机制，它们必须依靠感染其他细胞存活。

在此不妨简单还原一下“病毒感染”的全过程。

病毒通过一种生物的“锁匙”系统感染宿主细胞，不管宿主是细菌还是人类。每个病毒的蛋白质外壳包含一些分子“钥匙”，能够开启一个目标宿主细胞壁上的一把“分子锁”（科学术语中叫作“受体”）。病毒感染的过程就是“病毒钥匙”找到了与之相匹配的那把“分子锁”，进入细胞的大门就此打开，病毒分子堂而皇之地进入细胞内部，争夺细胞内的原料和能量，用于自身的生长和繁殖。

病毒是种类最多的生命形式。一般认为，每一个细胞生物至少是一种病毒的宿主，基本上只要生物有细胞，就能携带病毒。每一个藻类、细菌、植物、昆虫、哺乳动物都是如此。哪怕每个细胞生物物种身上只寄居一个特定的病毒，病毒也当仁不让地成为世界上已知生命形式中最多样的生命体。何况包括人类在内的绝大多数生物身上同时寄居着各种各样数不清的病毒。

病毒的数量之大也远远超出普通人的认知。科学家曾用电子显微镜来计算病毒数量，1毫升海水中竟然发现了2.5亿个病毒颗粒。对地球上病毒生物量更全面的测量结果更是大得令人难以想象——如果地球上所有病毒头尾相连排成一排，那这支病毒队伍的长度估计将达到2亿光年。

在这颗病毒主宰的星球上，人类对它们的探索才刚刚开始不久。与数千年来人类的其他科学成就相比，直到100年前人类才发现了病毒的存在，而大约2000年前，人类就已经大致弄清了地球与日月星辰是如何运转的。1610年，意大利人伽利略用一架望远镜进行了太空观察，发现并命名了木星的4颗卫星，然而直到50年后，列文虎克才发明了第一台显微镜，第一次观察到了细菌，从而开启了人类认知的一个新天地。即便如此，在科技超速发展的今天，科学家对病毒世界的探索依然缓慢而艰难。直到20多年前，人类才发现了朊病毒，这是一种显微镜可见的奇怪品种，与典型的病毒不同，它甚至没有DNA或RNA，而是仅由蛋白质构成的可自我复制并具感染性的因子。朊病毒最广为人知的生存方式是制造人畜共患的“疯牛病”。与此同时，人类对许多烈性病毒的认知依旧十分有限，比如席卷非洲的埃博拉病毒，横扫几十个国家的SARS病毒等，病毒算得上是人类现代科学最为广阔的未知地带之一。

站在人类的立场上，病毒算不上什么好东西。据说人的一生大概会遭到500到1000种病毒的侵袭，它们通常带来疾病与瘟疫，好在其中真正致命的并不多见。然而事实上，病毒在地球上所扮演的角色和对地球生态圈的影响远远超出我们过去的了解——这也是科学家刚刚有所认知的角色——它们不仅仅是人类的对手，确切地说，它们亦敌亦友。

和地球生态系统任何一个主要组成部分一样，病毒在维持全球生态平衡方面扮演着关键角色。在海洋中，病毒每天要杀死20%到40%的细菌，这对以氨基酸、碳和氮形式出现的有机化合物的释放起到了关键性作用。虽然在这个领域人类依然所知甚少，但科学界大体有个一致的观点——病毒在任何生态系统中都扮演着“反垄断能手”的角色，这有助于确保没有任何一个细胞生物能够称王称霸，因而促进物种多样化和地球生态的平衡、发展与进化。

病毒无处不在，真正优秀的病毒猎手并不会单纯地将它们视为破坏者。站在病毒的角度上重新审视这个世界的运作规律，也许才是科学家最终彻底揭开病毒奥秘的钥匙。

那么问题来了，如果你拥有一支病毒军团，你要如何存活繁衍，并最终占领这个星球？

2. 谁的战争？

游戏开始时，你所熟知的世界被重构了。

所有细胞，无论是地壳深处的细菌，还是由60万亿个细胞构成的人体，都是病毒军团生活与繁衍的场所。相比单一细胞的藻类、细菌或者别的什么物种，人体简直就是一块资源丰富、能量充沛的梦想家园，好比热带雨林为无数生物提供理想的栖息地一样——人体中有一切病毒军团所需要的资源和能量。不过，理想家园不代表着充满奶与蜜的应许之地，要想在这里生存下来，病毒军团依旧面临各种各样的挑战——不仅需要与人体免疫军团作战，同时也面临着其他病毒的竞争。

病毒军团侵入人体后，第一个麻烦就是遭遇人类免疫系统的对抗。人体免疫军团训练有素，它们会一波接着一波持续向我方施加压力，采取各种战法计策阻止我方进一步入侵。作为统帅，不得不面临第一重两难选择：要么继续进犯，但有被人体免疫军团捕获绞杀的风险；要么保持潜伏，命令军团就地休眠，这样可以自我保护，但会失去繁衍子代进一步扩张规模的机会。如果可以的话，我方可以寻求友军疱疹病毒的协作。疱疹病毒的目标是人类神经细胞，这种特殊的细胞在人体内享有至高无上的特权，免疫系统对其的关注程度低于皮肤、消化道或其他组织器官。疱疹军团很容易绕开免疫系统直捣黄龙。

不过一旦被免疫系统盯上，病毒军团的日子就越发不好过了。人体温度越来越高，正在加速发热的栖息地变得不再宜居，我们必须尽快换个更好的环境，比如一个新的、未经开发的人体。

病毒军团没有腿、没有翅膀、没有任何交通工具，仅凭自己的力量到达下一个人体宿主的可能性几乎为零。但是别担心，多年来的自然选择使我们拥有了更为便利的渠道。比如人类的喷嚏。流感病毒藏匿在人类的呼吸道里，它们的看家本领便是刺激人类的上呼吸道，迫使人类打喷嚏、咳嗽，病毒分子借助喷射到空中的飞沫在空气中悬浮飘荡，直到遇见下一个宿主。这在人口越来越密集的城市中，简直是再容易不过的一件事。

在人类视角里，流感病毒是他们最熟悉的对手。这种病毒只有10个基因，一旦进入人体鼻腔、喉咙、上呼吸道，就会抓住机会并侵入呼吸道表面细胞，利用人体细胞不断复制自身的DNA和蛋白质外壳，繁衍的效率极高。一旦人体感染了流感病毒，每一个被感染的细胞都会在极短时间内制造出上万个病毒子代，一个细胞就能复制一个新的军团。短短几天之内，人体内的病毒总量会急剧增殖到100

万亿个。军团规模得以极大扩张，从而不断攻城略地，摧毁更多的呼吸道表面细胞，而此时人类免疫系统早已溃不成军。

如今流感病毒早已遍布地球每个角落，人类虽然已经发明了疫苗，但每到换季，气温的变化让军团复苏，满载病毒的飞沫在低温干燥的空气中能够飘浮得更长、更远，抵达更多新鲜的人体栖息地。

在病毒看来，除了一小部分专业的病毒学家、流行病学者，大多数人类往往低估了流感军团的威力。人类总以为最大的危险来自于那些尚未为人所知的、隐藏在非洲热带雨林深处的某种神秘病毒，比如说埃博拉病毒。的确，它们是死神发飙时毁灭人类的有效武器，而且人类至今为止没有找到有效的药物与之抗衡。埃博拉出血热高达九成的致死率往往能让它在短短几周内就横扫千军，轻而易举夺去成千上万条生命，但其实它们在非洲有限的几次灭绝人类的尝试最终都以失败告终。原因很简单，它们不具备制造全球流行病的能力。它们不像流感病毒，能通过空气传播，它们只能依赖感染者体液的亲密接触才能实现传播。人类很快就找到了对付它们的方法——只要不接触患者或者死者的体液就行了。这在现代医疗卫生系统面前并不难做到。

除了喷嚏制造的飞沫，通过中间宿主的传播也是一种有效的路径。比如说蚊子、蝙蝠、鸟类或者其他什么动物，一切可以叮人或者被人类当成食物吃掉的东西，对病毒来说都是可以利用的工具。

人类闻之色变的禽流感，正是鸟类传播病毒的典型代表。不只H5N1，事实上，所有人类流感病毒的最初传染源头无一不是鸟类。流感病毒的秘密武器在于能够感染鸟类，使其携带病毒，但并不导致鸟类生病，而是潜伏在它们的肝脏中，通过鸟粪等排泄物进入江河湖海之中，感染来喝水的其他鸟类。这种特质使得禽流感病毒成为军团中最厉害的一支——杀伤力足够强大，传播速度极快、范围极广，通过鸟类实现的跨物种传播使其成为世界上唯一一种没有地域限制的病毒。

对人类来说，跨物种传播不仅意味着病毒可以跨越大陆与海洋的阻隔抵达地球上任何一个角落，更致命的是，通过在其他物种中的“中转”，流感病毒获得了最厉害的神器——基因变异。

病毒在细胞内进行大量复制，这一过程中难免出错，因此产生了大量的基因变异，有些变异对军团的战斗力本身没有影响，有些甚至会损伤病毒进一步复制的能力。但只要无数个突变中累积出一个“积极”的变化，病毒就能轻而易举地提升战斗力。比如有些变异能够帮助病毒改变蛋白质外壳的形状，从而更容易抓住宿主的受体细胞，或者帮助病毒更好地应对免疫系统抵抗造成的体温上升，躲过人类免疫系统的防线。当各种“积极”的变异积累到一定阶段，病毒军团对人类的感染力、传播力与杀伤力都将大大增强。

更为致命的是，当两种不同分支的流感病毒同时感染了同一个人，齐头并进钻进人体内同一个细胞时，最危险的情况发生了——两种病毒将互相交换基因，产生全新的病毒，这种“杂交”出来的子代病毒同时携带两种病毒的基因。

人类最新的研究发现，四分之一携带流感病毒的鸟类体内同时存在两种甚至两种以上的病毒毒株，这些分支在鸟类的肝脏细胞中狂欢，尽情地交换武器，进化升级成更为强大的新型病毒。尽管这种事情发生的概率微乎其微，但数百亿分之一的机会已然足够。一个新型禽流感病毒进入人体，不小心遇上人型流感病毒，这意味着真正的灾难的发生——禽流感病毒将获得人际传播的超能力，并且人类的防御系统短期内对这种升级后的新型病毒军团毫无经验，束手无策。2009年，当禽流感从鸟类身上跳到猪的身上，再通过猪传染给人类时，人类终于付出了惨痛的代价——当年爆发的猪流感从墨西哥开始短短几个月之内扩散到全球208个国家，累计导致18000人死亡。

3. 谁胜谁负？

细数微生物军团与人类的战争，至今为止难分胜负。人类津津乐道于在全球范围内彻底消灭了曾深刻地改变过人类历史的天花病毒，这是人类历史上第一次也是唯一一次对病毒战争的胜利。但这究竟是不是一场彻底的胜利，天花病毒会不会有卷土重来的一天，现在下结论未免为时尚早。更何况，天花病毒在人类的十大恶性传染病对手中排名并不靠前。

如果给人类十大恶性传染病列个排行榜，陈薇相信许多同行都会认同她的意见：

1. 流感
2. 艾滋病
3. 结核病
4. 炭疽
5. 狂犬病
6. 天花
7. 鼠疫（黑死病）
8. 埃博拉
9. 疟疾
10. SARS

这就是陈薇的对手。作为一名人类优秀的病毒猎手，陈薇时常感到，与宏大的政治军事史比起来，医学是安静甚至寂寞的。虽然她的战场同样危险重重,却没有硝烟,没有弹药,有的只是患者千年的呻吟诉求和医生不懈不馁的观察研究,还有在常人眼中晦涩难懂的化学名词和枯燥无味的实验数据,以及难以计数的细菌病毒和疫苗药物,很少有高调到值得社会大众关注的时刻。

长久以来,人类的目光通常都聚焦在造成重大伤亡、掀起滔天巨浪、深刻影响文明进程的"大事件"上。而医学领域中真正的大事件发生时,通常是悄无声息的。病毒猎手长久地处于科学史的一隅,时刻监视着看不见的敌人,守护着看不见的家国防线。

要不是因为2014年西非埃博拉疫情的突然爆发,陈薇的研究不知要继续沉寂多久。同行中做埃博拉病毒研究的人并不多。也许因为埃博拉病毒这个"人命黑板擦"过于可怕,大家不想研究埃博拉。

有时越是神秘的东西反而越简单。深入地了解埃博拉病毒之后,陈薇有时甚至会觉得它是一种近乎"完美"的生物。它的构造其实颇为简单,其病毒粒子只有7种蛋白质:7种不同的大分子排列成状如长辫的结构,组成埃博拉病毒粒子的长丝。但那么多杰出的科学家却经历了一个漫长的过程才大致了解了它们的结构与功能。

陈薇有时候觉得眼前这玩意儿甚至都不能算是"生物"。在包膜和蛋白质构成的微小囊状物里,埃博拉病毒仅仅有一条RNA链，这种分子被认为是最古老最原始的生命编码机制，它的历史甚至可以追溯到地球历史的早期。有些生物学家认为应该把埃博拉病毒视作“生物”，有的学者持相反观点。在一些科学家眼里，埃博拉病毒并没有“活着”，不能算“生物”，因为当病毒处于细胞结构之外的时候，什么事都不会发生，它们是静止的，没有生命的，甚至可以结成晶体。但是当它们被吸附进细胞结构里之后，它们会立即获得“生命”，并且直接把宿主细胞当作复制自己的原料，然后将其粉碎。这些特质使得埃博拉病毒处于生命和非生命之间的一个灰色地带，这也是埃博拉病毒最难对付的原因之一——因为你很难“杀死”没有生命的它，但是它却可以轻易地杀死有生命的你。

通常来说，一种病毒不会杀死自己的自然宿主。从20世纪70年代埃博拉病毒第一次为人所知直到几十年后的2005年，科学家们才在几种非洲果蝠的体内发现了埃博拉病毒的RNA及抗体。虽然至今为止学界对埃博拉病毒的认识还十分有限，但人们知道它是如何绞死每一个生命的：

扎伊尔埃博拉病毒会袭击人体内除骨骼肌和骨骼之外的所有器官和组织。

染病之后，首先，人的血液会越来越黏稠，流得越来越慢，凝块附着在血管壁上，这就是所谓的“铺壁”——凝块会像瓷砖似的拼接在一起。“瓷砖”越铺越厚，凝块堵塞血流，切断人体各个部位的供血，导致大脑、肝脏、肾脏、肺部、大小肠、睾丸、乳腺组织（无论男女）和全身皮肤出现坏死点。皮肤上出现的红色青紫色瘀斑，那实际上是皮下出血。

埃博拉病毒攻击结缔组织尤其凶狠：它在胶原内增殖，胶原是维系器官的结缔组织的主要构成蛋白质，而埃博拉病毒那七种蛋白质能够吞噬支撑人体的蛋白质。就这样，人类体内的胶原变成稀泥，皮肤从底层开始坏死和液化。表皮变得极其脆弱，稍微有点压力就会破裂，裂口涌出血液。

接下来，感染者的口腔会出血，牙龈会出血，连唾液腺都会出血——身体的每一个孔窍，无论多么细小，都会开始出血。舌头表面变得鲜红，随后腐烂剥落，据说失去舌头表皮的疼痛就像用舌头舔滚烫的电熨斗。喉咙底部和气管外壁也会腐烂脱落，坏死组织顺着气管滑入肺部，或者随着痰液被咳出来。

埃博拉病毒在宿主还活着的时候就能杀死大量组织。肝脏、脾脏、肾脏膨胀，开始液化，最后彻底坏死和腐烂；肠壁组织消融后脱落进入肠内，与大量血液一同排出。男性患者的睾丸会肿胀成青紫色，乳头会流血。女性患者的阴道会严重出血。孕妇的胎儿会自然流产，生下来的死胎眼球通红，鼻孔流血。

埃博拉病毒会比同属丝状病毒的马尔堡病毒更加彻底地摧毁大脑，埃博拉出血热患者在临终时往往会产生癫痫般的痉挛：整个身体抽搐震颤，双臂和双腿胡乱踢打，流血的眼睛翻白眼。据说这很可能也是埃博拉病毒的求生策略：通过四处飞溅的血液大大提升病毒传播给下个宿主的机会。

如此凶险的对手，陈薇怎么可能放过它们？

2. 通关游戏

对埃博拉病毒的关注，始于那场未完成的西非之行，回国后，陈言一直跟踪国内的相关报道。2015年11月，《新闻联播》里闪过的一幅照片吸引了他的注意。照片中，一个穿着军装的中国女人被一群人高高托起，抛向空中。人群中有从四面八方赶来的塞拉利昂民众，也有在前线坚守了一年的中国同胞，被高高抛起的人，正是研制出埃博拉疫苗的中国人民解放军少将陈薇。

陈言马上联系了《解放军报》的同行，希望能够通过他们联系上陈薇将军。等了一周，依旧石沉大海。就在他差不多放弃希望的时候，他的手机上跳出一条短信："感谢记者同志的关注，我和团队刚刚从弗里敦返回国内，您有兴趣可以到实验室参观一下。陈薇。"

作为一名文科生，从头开始追踪病毒的过程是痛苦的，那段时间陈言陷入自从高考过后就不曾有过的疯狂状态之中，没日没夜地“啃”各种资料，恶补专业术语，好在当年的生物基础不算差，与人类优秀的病毒猎手交流起来应该问题不大。

没想到，对陈薇的第一次采访就足以令他终生难忘。

参观完陈薇实验室之后的那段时间，陈言几次半夜醒来，浑身冷汗。他看见自己身穿密封防护服，戴着手套，一滴充满埃博拉病毒的液体突然溅在手套上，低头一看，才发现手套上满是针孔，液体渗入手套，流进密封防护服。这时他会陡然惊醒，随后发现自己在卧室里，幸好一切只是一场梦！

陈言被获准进入三级生物安全实验室，尽管这里还不是最高等级的生物安全实验室，尽管层层防护之下能确保安全，但他仍然觉得自己是行走在悬崖边，一不小心就会跌入死神的深渊。

要进入这里必须先通过层层挑战。好比打游戏，一级一级通关，才能拿到最后一关的入场券。

第一步，陈言脱去身上的衣物，放进储物柜。然后穿上消过毒的“手术服”，没错，就是外科医生做手术时穿的那一身，系紧腰间的拉绳，扣上上衣的纽扣，戴好手术帽，对着镜子把头发塞进帽子里。

第二步，紫外线消毒。陈言面对着一扇通往2级区域的门，门上的小窗透出深蓝色的光束，那是紫外线，病毒在紫外线下会分崩离析，紫外线能摧毁病毒的遗传物质，让它们无法自我复制。打开这扇门，陈言感到有股力量推着身体往前，一股风从后方吹过，向内涌去，这是气压的功劳——负压保证了所有的高位病原体都只能飘向区域内部而不向外扩散。门在背后关上，陈言进入了2级区域。

第三步，穿过淋浴室。淋浴室里有紫外灯、消毒皂，过了淋浴室就是更衣室。在这里，陈言需要用胶带将手套开口和手术服粘在一起，胶带绕着手腕转几圈，确保密不透风，袜子和长裤也是一样。

第四步，穿防护服。这是令所有人都感到窒息的一步。所谓“窒息”并不是一种修辞。由于防护服的绝对密闭性，面罩刚一盖住头部，陈言便感到了惊恐，汗出如浆，呼吸越来越急促。第一次，很多人都会感到惊慌失措，这事并不少见，研究室里有个说法：“天晓得谁进了密封防护服会吓破了胆。”

好在一切都是要求两人共同完成的。穿防护服时，人们常常会绕着对方打转，他们要注意同伴的一举一动，仔细检查对方身上每一个部位，确保衣服上没有漏洞。

到这一步，才仅仅拿到最后一关的入场券而已。

封闭好防护服，两人步伐笨重地穿过一条走廊，走向气密门。那是一扇厚重的不锈钢密封门，门上赫然印着醒目的红黄色调的三叶草图案。这是国际通用的生物危害标志，他想起武侠小说里的绝命断肠草。

面对这扇门，团队里有个不成文的惯例，每个人走进这扇门之前，都有几分钟的“解压时间”。

站在这道门前，就算最有经验的人也会感到精神紧绷，肌肉僵硬。每个人开始了各种各样的“入场仪式”：有人双手合十，有人深呼吸。透过防护面罩，陈薇看出了他的紧张，轻轻拍了拍他的肩膀，陈言顿时觉得镇静下来。

在这个团队里，陈薇就扮演着这样一个角色。无论是谁，站在她的身后，都像是吃了定心丸一样。所谓大将之风，从来不是什么一将功成万骨枯，而是像现在这样，有大智者亦有大勇，敢于深入险境，永远身先士卒。

一旦迈进这一步，就是上了前线——与致命病毒的正面接触，无论在体力上还是精神上都不亚于一场真正的战斗。

陈言深吸一口气，控制住呼吸，走了进去。

在他的想象中，穿过灰色地带进入生物安全实验室就好像一次“太空行走”，但你要进入的不是外太空，而是微观世界，这里充满了企图通过任何一道肉眼不可见的细微缝隙钻入你身体的病毒军团。

而陈薇和她的学生，需要身着紧密的防护服和正压头套，在负压环境下相当于背负20公斤载荷爬山，一连数个小时不吃不喝，不上厕所，汗水蜇得双眼酸疼不能擦，甚至连情绪和体力消耗都必须掌控在一条持久稳定的横线上，因为手中的血液样本里藏着上亿个隐形杀手，高强度又极其精密的实验容不得任何差错。

陈薇所在的实验室是国家重点实验室，所从事的工作是生物医学防护研究，越是危险的烈性病毒，她越要去研究。

现实中，科研人员因感染而导致不幸的情况时有发生。

2004年5月5日，俄罗斯的一位女科学家因为意外被一根针扎破了手，这根针沾染了埃博拉病毒。实验室立刻对女科学家进行隔离，以防止病毒的传播。但由于没有有效的治疗手段，人们只能眼睁睁地看着她离去。就在她去世前的几个月，美国马里兰州全军陆军生物学研究所也发生了类似事故，幸运的是当事科学家并没有被感染。

2014年7月，当全球第一篇埃博拉病毒基因序列文章发表时，已经有5位科学家被夺去了生命。

……

“遇到过意外吗？”陈言问。

“做我们这一行的，不论怎么小心，多多少少都会遇上些情况。”

陈薇讲述了许多年前亲历的一件事。

1998年，陈薇在做狂犬病病毒疫苗的研发。

要做疫苗，首先要培育病毒样本，这一步十分重要，也十分危险。一次操作中，由于仪器管道老化爆炸，带着狂犬病毒的液体把陈薇从头到脚淋了个遍。

当时的感受是很难找到一个合适的词来形容的。陈薇记得周围的人惊恐地喊叫起来，她的大脑一片空白。情急之下，她沿着走廊冲向气密室，按照应急步骤，她需要第一时间启动消毒淋浴。

短短的几秒钟，一种滑向深渊的恐惧仿佛要吞没她。躯体、四肢、心脏、大脑，那一刻已经不再属于她，她机械式地默念应急流程。拉开舱门走进去，随即关上背后的门。

按照演习过无数遍的那样，她僵硬地扯动从气密室天花板垂下来的开关，启动消毒淋浴。消毒淋浴持续了整整7分钟，站在喷头底下，她缓慢转动身体，首先启动的是水流，冲掉淋满全身的病毒液体。水流停止后，四面八方的喷嘴随机喷出强劲的消毒喷雾，消灭外侧的残留病毒。

那7分钟，是她经历过的最漫长的7分钟。所有这些补救措施，都只能从外侧消毒，没有办法应对钻进体内的病毒——如果有的话，此刻她已经被感染。

感染狂犬病毒是什么后果？

她甚至比专业的医生都更清楚。

搞病毒的，不仅见过濒死的病患，还知道它们是怎么一步一步蚕食你的躯体的。

人，如果在清醒与理智中死去，会减少一点痛苦吗？

她甩了甩头，想把这些危险的念头甩出混沌的大脑……

陈薇是幸运的。

那一次她捡回了一条命。

但她知道，没有人会一直幸运下去。

"埃博拉病毒会引起一场威胁人类安全的危机吗？"陈言问。

"不可能。"陈薇用柔和而坚定的声音说，"别说现在已经有疫苗了，就算没有，这个世界上也不存在一种病毒是不可战胜的。"

3. 这里的杀戮静悄悄

让我们想象这样一个情节：

××，一个容纳了几十万人口的城中城，放眼望去，到处都是大片密集、整齐而又相似的住宅楼。春末夏初的一天，小区里的居民闻到一股不正常的恶臭，戴着红袖章的居委会大妈转了几圈摸排了所有可能的卫生死角也没有找到臭源。按照规定，小区物业负责人给环保部门打电话进行了备案。

几小时过后，小区里的狗开始集体生病。无论大小，无论品种，越来越多的狗开始呕吐、昏迷，附近的宠物医院狗满为患。群情激愤的主人聚集在一起准备报案——他们怀疑这是一场有预谋的投毒事件。奇怪的是，那些养在家里不曾出门的猫也接二连三地倒下。惊慌的情绪开始蔓延。

接到首批报告闻到怪味的电话约24小时后，小区居民惊恐地发现自己身上开始长出红疹和水疱，体质虚弱的人开始恶心、呕吐、发烧。附近的医院收治了越来越多同样症状的患者，富有经验的医生开始报告传染病疫情，上级卫生部门很快组织力量进入小区进行调查。

尽管各方应对十分迅速，但在看不见的对手面前，人类的反应还是晚了一步。48小时后，北京市各大医院的急诊室接收了第一批病人：他们发烧、头疼、呼吸急促和胸痛，其中一些人病情危重，有些就要休克了。前一天出现恶心症状的患者开始急剧恶化——他们出现了出血性腹泻。更糟糕的是，一波又一波的病人不断涌入医院。病情以最初报告闻到怪味的小区为核心，一波一波向外传导，像在平静的湖面上扔下一颗石头，掀起的水波一轮一轮向外辐射，最终覆盖了整座城市。一星期之内，数万人住进了医院，超过一半的人在痛苦中死去。临终前他们几乎无法呼吸——皮肤因缺氧而发蓝。最终，感染性休克和严重的脑炎发作，夺去了大多数人的生命。随着死亡人数的增加，新闻记者们戴着防护面罩蜂拥至现场，居民试图大规模撤离，军队和警察封锁了主要疫区，尽管政府尽了最大努力，整个城市还是被极度的恐慌气氛所笼罩。

陈薇常常跟学生们讲生物战。在和平年代出生的一代，很少有人有忧患意识。

虽然以上都是假想出来的情景，但这离现实并不遥远。1993年6月，奥姆真理教成员在位于东京东部龟户附近的一幢8层楼楼顶喷洒一种炭疽杆菌悬浮液。他们向世界上人口最密集的特大城市，发动了一场生物恐怖袭击。

好在他们失败了。整个事件只报告了一些狗的死亡，没有人因此丧命。

东京是幸运的。炭疽杆菌是一种能够感染牛羊等食草动物的细菌性病原体，它偶尔会感染人类，发病快且致死率高。动物摄入炭疽杆菌芽孢之后，炭疽杆菌被激活，并在动物体内迅速复制传播，它们往往即刻毙命。这也能解释东京袭击事件中死亡的大多是些宠物狗。

"如果奥姆真理教成员碰巧找到一种更致命的炭疽杆菌，使用了好一点的扩散体系，事情就会演变成非常类似于前面假想的情景。"陈薇的话让前来听课的陈言也打了一个冷战。

有一点他是知道的，宣扬世界末日的这一邪教寻找的不仅仅是炭疽，他们还在全球各地主要城市中秘密建立了多个实验室，尝试培养很多感染源，包括剧毒的肉毒杆菌毒素、天花病毒、霍乱病毒，甚至埃博拉病毒。1993年，他们组织一个由医生和护士组成的团队到达刚果民主共和国，表面上是出于医疗目的，但实际上是想带回埃博拉病毒的分离物，以便用于生物袭击。

“不过话说回来，即便奥姆真理教的人成功地将炭疽释放出来，由此引发的人员死亡和破坏可能也仅限于接触他们所释放芽孢的人。炭疽不会在人际传播。它虽然是致命性病毒，却不会传染。”陈薇说。

但人们依旧谈之色变，因为2001年那场针对美国发动的生物恐怖袭击事件切切实实造成了17人感染、5人死亡的悲剧。

这次炭疽攻击分两波进行。第一批含炭疽杆菌的信件的邮戳是2001年9月18日在新泽西州特伦顿盖的，正好是在“9·11恐怖袭击事件”之后一星期。这一批共有五封信，寄给了包括CNN（美国有线电视新闻网）在内的五家著名媒体。第一名感染炭疽病逝世的是罗伯特·斯蒂文斯，他是《太阳报》（*The Sun*）的一名员工。检查信封的科学家说，里面布满了棕色颗粒的炭疽杆菌。

三个星期后，另外两封含炭疽杆菌的信也从特伦顿发出。这两封信是寄给两名政客的，然而倒霉的却是底下的工作人员，一名助手打开了其中一封信而被感染。随即政府邮政机构宣布关闭。另一封信在一个被扣押的邮袋里被发现。这封信由于邮政编码被读错被误传到了弗吉尼亚州政府机关邮政部，导致一名邮政职员戴维·霍斯(David Hose)吸入了炭疽病原。

第二批信里的病原比第一批的更危险，它们含有约一克高纯度的几乎完全由孢子组成的干燥粉末。2002年纽约州立大学的分子生物学家巴巴拉·罗森堡(Barbara Hatch Rosenberg)教授在接受采访时称：这些粉末为“武器化”的或“武器级”的。

整个事件最终导致5人死亡，造成了美国甚至国际社会的强烈恐慌。更重要的是，凶手在事发后的几年中一直没有被追查到。直到2008年，事件发生7年之后，美国联邦调查局终于锁定了嫌疑人布鲁斯·爱德华兹·艾文斯(Bruce Edwards Ivins)，此人曾经在马里兰州弗雷德里克戴翠克堡政府生物防御实验室中工作。遗憾的是，在他得知自己将被逮捕时即刻服用毒药自杀，所有关于这次恐怖事件的细节也随之埋入尘土。

炭疽仅仅是恐怖组织能使用的众多感染源中的一种。生物恐怖袭击是陈薇这样的安全专家最密切关注的问题之一。

连一个像艾文斯这样看起来微不足道的个体，都能够凭借工作上的便利条件，给社会造成极大的破坏，恐怖组织若拥有微生物武器，破坏性将更大。

低估生物恐怖袭击风险将是一个巨大的错误。

陈薇绝不允许这样的错误在中国的领土上发生。

本职工作之外，她做得最多的就是对生物战的研究和科普。

她给学生上的第一堂课，通常都是人类的生物战：

1346年的卡法城之战中，人类第一次将细菌作为战争武器。那次战争中，蒙古人用弹射器将鼠疫病死者的尸体抛入卡法城，造成城内热那亚人大量死亡。

第一次世界大战期间，德国人在罗马尼亚的布加勒斯特以马鼻疽菌和炭疽杆菌感染对方马群和士兵。

第二次世界大战期间，日本对华采用"细菌战"，731部队每年可生产300公斤乳浆鼠疫杆菌菌液、500到600公斤炭疽杆菌、一吨霍乱弧菌和两吨跳蚤。

……

历史的教训不可遗忘，而现代科技的高速发展也让生物安全局面越来越复杂。不管是合法的实验室，还是恐怖主义分子在阴暗的角落里鬼鬼祟祟建立起的病菌制造窝点，致命性微生物都可以在这些实验室里增殖。这一事实给全球生物安全风险增添了又一个挑战，对陈薇来说，国家的生物安全时刻面临着前所未有的挑战。

“虽然是极不可能发生的情况，但如果恐怖分子得到了世上仅存的装有天花病毒的瓶子，那后果将不堪设想。”陈薇说。

天花曾经是地球上最危险的疾病之一。仅仅在20世纪，全世界范围内就约有3亿人死于天花。这种恐怖的病毒会让患者身上长满水疱，疱疹表面覆盖着一层坚硬的外壳，里面充满半透明的液体。中国人叫这种病为“出痘”，一旦得上这种病，30%的人会在痛苦中死去，侥幸活下来的皮肤上也会留下密密麻麻、坑坑点点的结痂，让人面目全非。

实际上，明清时期的天花肆虐曾造成大量人口死亡，甚至对清初的施政也产生了严重影响。史料记载，清朝入关后的十位皇帝中，顺治、同治直接死于天花，康熙与咸丰虽然侥幸捡回性命，脸上却留下了麻子。对于入关之初的满族人来说，天花几乎就是绝症。满人畏痘如虎，流行之时，只会消极躲避，但天花却防不胜防，消极躲避者大多仍未能幸免于难。天花流行造成清初八旗人丁的死亡率高得惊人。顺治皇帝的八子六女中，皇子四人、皇女五人没活到八岁就夭折了，比例超过半数。当时造成婴幼儿大量死亡的原因主要是疾病，而天花则“名列”杀手榜之首。

那时的人们用南方传来的一种土办法治疗天花——种

痘。种痘分两种:旱苗法和水苗法。旱苗法就是取天花患者的痘痂研成细末,加上樟脑冰片等吹入种痘者鼻中;水苗法就是将患者痘痂加入人乳或水,用棉签蘸上,塞入种痘者的鼻中。这两种方法的大概思路都是让种痘的人先患上轻度的天花,出过疹子后精心护理,直至病症消失,就相当于已经得过天花了,得过的人便终生不会再得天花。可以说,“种痘”就是最早期的疫苗预防。

不过当时种痘并不能保证百分之百的成功率,如果遇到种痘未成功的,依然会有死于天花的风险。当时外国来华的传教士对中国的种痘术颇感惊异,也很有兴趣研究,留下了不少记载。同时期的欧洲也曾爆发大规模的天花瘟疫,整个18世纪,欧洲有几千万人死于天花。有记载表明,康熙时期,沙俄曾派人专门到中国学习种痘法。后来这种方法经土耳其传入欧洲。

天花的肆虐一直到20世纪60年代才彻底宣告结束。1965年,世界卫生组织开始在全球范围内开展根除天花计划,这场全人类的战争打了14年,终于在1979年宣布天花作为一种疾病被剿灭。天花之所以被人类彻底打败,一是因为人类制造出了安全高效的疫苗,二是因为它在人类中传播得太久,并且人类是它的唯一宿主——只要地球上的人类免疫了,天花就将无处存活。

尽管自然界中的天花病毒已经消灭了,但仍留下了两套天花病毒储备，它们被妥善保管着，一套在位于亚特兰大的美国疾控中心，另一套在俄罗斯的国家病毒学和生物技术学研究中心。这两处都是高封闭生物安全四级实验室。对于是否要毁掉这些储备的天花病毒是有争议的，但是迄今为止尚无定论，原因是活病毒对疫苗和药物生产有潜在的益处。

令人关注的是，2004年疑似天花病毒的干痂在美国新墨西哥州的圣达菲被发现。它们被装在一个信封里，上面标明装有来自疫苗的干痂。这一发现说明，在某个实验室冷冻箱里或者其他什么地方，有可能存在着很多我们不知道的天花病毒。如果这些天花病毒被有意或无意释放出来，后果将不堪设想。

陈薇的担心远不止于此。生物实验室，既是他们的战场，有时也会成为危险的源头。

美国的一项研究表明，1977年11月发生在苏联、中国东北部的一场流行病中所涉及的病毒和20多年前一场疫情里的病毒几乎一模一样，可原来那种病毒在20多年前那场疫情后没再出现过。美国科学家认为最有可能的解释是，某个实验室里的病毒株意外落到了工作人员身上，然后从那里传播了出去。

类似于这样的“安全事故”在人类历史上不知发生过多少次，其中又有多少最终曝光在大众的视线之中，谁也说不清楚。在对这次西非埃博拉疫情的报道中,陈言注意到了国外许多媒体对美国军队支持的塞拉利昂凯内马政府医院二级生物安全实验室的质疑,尽管到目前为止并没有科学文献支持,但来自媒体和学界的质疑之声不绝于耳——他们认为西非埃博拉疫情与这家实验室有着千丝万缕的联系。别忘了,这里是病毒最早现身的地方。

早在2006年,美国陆军传染病医学研究所就在塞拉利昂与几内亚交界的凯内马政府医院建立了一个二级生物安全实验室,资助"多种生物防御相关病原诊断研究"。因此在塞拉利昂凯内马最早出现疫情时,就是美国工作人员帮助诊断的,这也是当时塞拉利昂唯一能够诊断包括埃博拉在内的出血热疾病的实验室。公开资料显示,这家实验室与美国国务院、生物任务计划和国防部、国防威胁降低局以及美国海军作战部等存在着千丝万缕的联系,目前由美国杜兰大学的罗伯特加里教授主持运营,正是这个团队在第一时间发表了塞拉利昂患者的病情分析和埃博拉病毒测序的文章。这家实验室所在的凯内马政府医院的医护人员感染正是塞拉利昂最严重的地方,仅在2014年8月就有65名医护人员感染了埃博拉病毒。塞拉利昂政府在2014年7月停止了杜兰大学和美国军方在这家实验室的所有项目。虽然普遍的报道都讲述了一个几内亚的小孩被果蝠叮咬后发病引发疫情的故事,但这个推测至今为止并没有确切的流行病学证据。因此，一些专家和媒体一直怀疑此次爆发是否与美国军方在凯内马政府医院的这家二级生物安全实验室有关。虽然没有确凿证据，但它已成为生物安全专家担心这个问题的一种思考。

我们无意于制造任何一种阴谋论，但生物安全的教训已经太多太深，在这个问题上无论怎么强调都不为过。特别是未来，普通民众都可能有渠道获得详细的生物信息和技术，甚至自己制造或者培养简单的微生物，因此生物恐怖袭击和生物安全事故的概率只会增加。虽然大多数人认为，生物实验主要发生在安全的实验室里，但情况也许并非总是这样。2008年，两位来自纽约的学生将一份寿司样本寄到了美国生命条形码资料库项目处(Barcode of Life Database，简称BOLD)。这是一个令人关注的科研探索类项目，旨在让基因测试变得简洁和标准化。两个孩子都是日本料理爱好者，她们从市场上买来价格昂贵的生鱼片，灵光一现想确认一下自己所买的高价鱼生是否货真价实。于是她们上网搜到了这样一个项目，同时她们也发现了一种获得遗传信息的方式——在此之前只有科学家才能获得这类信息，现在连普通的人群都能够轻而易举地获得。

这个例子在记者看来是科学进步与信息开放的好事，但在陈薇眼里却是极大的隐忧。如果她们寄去的是某个危险的病毒样本呢？如果这个研究被别有用心的组织和个人利用了呢？如果恐怖分子掌握了某种致命病毒的全套遗传密码呢？不要以为这种情况离我们还远，想想仅仅在20年前，只有少数受过专业教育的程序员才会写代码编程序，现在这早已成为许多小学生都能轻松掌握的能力——起初专业性很强的事情往往用不了多久就会变成人人都能做到的事情。在不久的将来，一小群人自己动手进行生物学研究可能会成为常态。到那时，伦敦皇家学会（Royal Society of London）前任会长马丁里斯（MartinRees）的名言也许将兑现，他警告人类说："到了2020年，一场生物学事故或者生物恐怖袭击就将杀死100万人。"

有同事在转业前对陈薇说："你少搞些'魔鬼'课题研究吧！"可陈薇脑子里总是挥之不去——炭疽、鼠疫、埃博拉……这些最有可能被做成生物战剂的烈性微生物。以上无论哪一种生物安全事故，一旦在中国发生，作为一名军人，陈薇都不会原谅自己的失职。

第七章

战功

1. 投笔从戎
2. SARS军功章
3. 回到一切开始的地方

1. 投笔从戎

抗击埃博拉疫情并非陈薇将军打的第一场漂亮的病毒阻击战，翻开她的简历，中国近二十年来每一场公共卫生领域的战役中都有她立下的军功。这身军装给了她前所未有的精神力量。但其实，直到硕士研究生毕业前，陈薇都没想过要入伍。

1990年，刚刚完成学业的陈薇在导师丛进阳的推荐下，签约了深圳一家著名的生物公司。20世纪90年代的深圳，领中国改革开放之风气，就像一块干瘪的海绵，强烈吸引着四面八方的人才汇聚过来。为了庆祝成功签约，陈薇平生第一次在五星级饭店吃了顿饭。

签约后不久，1990年12月，一个偶然的机会，导师派陈薇去军事医学科学院取实验需要的抗体，陈薇才知道有这么一个特殊的单位。

中国人民解放军军事医学科学院成立于1951年，当时就是因为美军在朝鲜战场使用了细菌武器，周恩来总理亲自签署命令，从全国抽调最优秀的科学家迅速成立的。自诞生的那天起，它就担负着我国防御核武器、化学武器和生物武器的特殊使命。

“你们要这个干什么？”在军事医学科学院，陈薇遇到了她的“伯乐”李广善教授。

“我的毕业论文需要用这个做实验。”陈薇说。

对于两个人来说，这都是一次互有收获的对话。李广善发现陈薇的研究方向不仅是他们急需的，而且颇有超前之处。而陈薇的想法更是简单，踏进这里的第一步，她就感到有种说不清的热血在心头涌动，再加上这里拥有比清华大学更先进的实验设备。作为一名科研工作者，最大的追求莫过于学以致用，能为国为民贡献自己的才智，还有什么比这更有价值的呢？

从小就敢想敢为的陈薇与深圳那家公司解约，这招来了一片反对声，父母一直希望女儿毕业后能够干实业；陈薇的好友也劝她说，去部队搞不好会埋没自己，“入伍说不定要落伍”。但她依旧义无反顾。

1991 年 4 月，一个春雨绵绵的早晨，一辆军车把陈薇从清华园拉到了中国人民解放军军事医学科学院，开始了她投笔从戎的军旅生涯。

对于这个决定，多年以后在一次清华大学的毕业典礼演说中陈薇是这样解释的:“我始终认为,一个人的职业选择如果能与国家重大需求相结合,结合得越紧密,得到的支持越大,发展的空间越大,个人才华就能充分得以展示,个人价值才能被高倍放大。”

其实入伍之后,陈薇也不是没有过失落,毕竟现实与理想总是存在较大的差距。

1991年,中国人民解放军军事医学科学院所在的丰台区还是“丰台镇”,院子外面就是庄稼地,晚上漆黑一片,连个买泡面的去处都没有。部队的生活确实单调而清苦。

1993年,又一个心理落差来了。那一年,陈薇在庐山的一次全国学术会议上与一个师弟不期而遇。他就是陈薇解约之后,导师为了安抚深圳那家企业而安排过去替代陈薇的。这次见面,让陈薇得知彼此收入差距已经在百倍以上。

此后,陈薇身边那些和她同期特招入伍的同学陆续转业离开部队,可是陈薇还在坚持,因为她是真的喜欢生物防御研究了。这身军装,她一穿上就未曾想过要脱下。

1995年,陈薇跨学科考取了微生物学的博士研究生,攻读基因工程专业。三年后,她从工学硕士变成了医学博士,进而被选入军事医学A类人才库。

那时军事医学人才面临断层,青黄不接,陈薇被委以重任,开始领衔重大科研任务并崭露头角。2002年,36岁的陈薇被破格晋身为研究员,被选为博士生导师。

2. SARS军功章

2003年春节刚过，传染性非典型肺炎在广东部分地区肆虐的消息传到了北京。仅在父母家中待了三天的陈薇急忙从兰溪老家赶回北京，当时她已经是中国人民解放军军事医学科学院微生物流行病研究所应用分子生物学实验室主任。

2003年1月的一天，一名姓周的水产商人来到广州的一家医院就诊。他不停地剧烈咳嗽、高热不退，也许肺部还出现了感染。他也说不清自己从何处感染了这种病。他在一家水产市场经营着一个专营海鲜、鱼类的铺位，水产市场毗邻其他农贸市场，那里有家养的鸡鸭，还有人叫卖野生的果子狸。不管病毒来自何处，他开始咳嗽、发烧。不过他把这当成了一场普通的感冒，按照许多国人处理感冒的惯例——多喝热水，但这一次热水没能帮他打败病毒。

1月30日那天，他走进了一家医院，只在这里住了两天就感染了至少30名医护人员。随着病情不断恶化,他被转入第二家医院,一家专门收治非典型肺炎患者的医院。在救护车上,周某某开始呼吸困难,呕吐物喷溅出来,车厢里、医疗设备和医护人员的白大褂上,黏液到处都是。周某某又踢又吐,医生和护士不得不按住他的身体,没有功夫顾得上清理秽物。后来证实,这辆车里的2名医生、2名护士和1个司机全被感染。在第二家医院,周某某又感染了23名医护人员、18名病人及其家属。他的19名亲属也开始发病。周某某后来被国内的媒体称为"超级传播者"。

刘某某就是周某某的感染者之一。他是周某某就诊的第一家医院的肾脏内科教授,与周某某间接接触两周后,刘某某开始出现流感症状,不过情况好像没有很严重,他决定如期前往香港参加侄子的婚礼。2月21日,他与妻子从广州出发,乘坐了3个小时的大巴之后,跨境抵达香港,下榻香港京华国际酒店911房间。911房间位于酒店狭长楼道的中间位置,正对着电梯。在这间后来闻名的房间里,刘某某仅仅待了一晚上,就成为当代历史上最著名的"超级传播者"。第二天早上他症状加重,被紧急送往香港医院,几天之后去世。

他所携带的病毒至少传染给16个人。这16个人转而分散到全球各地——欧洲、亚洲、北美洲,并将病毒传染给成百上千人。甚至在3个月以后,调查者还能够在911房间附近的地毯上取到病毒的遗传信息。这就是SARS疫情的起源。

我们现在知道SARS病毒的传染源头是蝙蝠。部分广东人会吃野生动物，在农贸市场可以买到野生动物，周某某也许在农贸市场上接触过某只感染了病毒的蝙蝠，又或者是某一只在笼子里奄奄一息的果子狸。果子狸是一种食肉小动物，也是广东人餐桌上的美味佳肴，那时果子狸已经从蝙蝠身上传染上了SARS病毒。或者他是被一位携带该动物病毒的人传染的。最有可能的是，病毒在传染给他之前，已经不为人知地传播了一段时间了。

不管怎样，两个“超级传播者”的接力点燃了SARS大流行的导火索。这场流行病波及每个有人居住的大陆，至少有32个国家的数千人染病，经济损失估计有数十亿美元。SARS也成为中国人对病毒、瘟疫、流行病的集体记忆中的特殊符号。

追踪病毒的踪迹，香港是大爆发的重要节点。香港几乎是世界上人口密度最高的城市，每天成千上万的国际航班从香港出发，飞往你能想象到的世界上任何一个地方。香港离广东只有很短的车程。广东拥有上亿人口，其美食传统里包括各种山珍海味。

人口密度高，禽畜产量大，与各种野生动物微生物接触密切，拥有一张巨大、高效的交通网络——将这些因素结合起来，促成了一场现代病毒军团的大举入侵事件。整个过程由人类捕捉野生动物，并将其带到农贸市场开始。一些农贸市场建在都市化程度很高的地区，卖活体动物的农贸市场是高风险的地方。一旦动物被杀，其所携带的微生物也开始死亡。如果一只活的野生动物被送入城市里的一家农贸市场，那么它身上携带的所有微生物就会暴露在很多人中间。从这里出来的病毒迟早会传染到人身上。

广东并非独特之地。在全球范围内，野生动植物多样性丰富的地区都在迅速地向城市化方向发展。估计到2050年，世界上70%的人口将居住在城市里。当高密度的城市人口、野生动物和家畜种群的微生物、高效的交通网络重叠在一起时，注定会出现新型疾病。

陈薇忧心忡忡，但此刻她顾不上那么多，眼下最重要的事情就是用最短的时间消灭对手。在疫情最严重的时候，陈薇钻进了实验室——多年来的“战争”经验告诉她，干扰素可能对抑制SARS病毒有用。这个科研直觉，建立在她已经研究了三年之久的针对丙型肝炎治疗的基因工程人ω干扰素之上。

理由很简单。从采集到的SARS病毒样本发现，广州病人和北京病人的病毒样本存在显著差异；而丙型肝炎之所以不像甲肝、乙肝那样有专门的针对性的疫苗，恰恰是因为丙肝的变异性极强。于是，针对此次SARS冠状病毒变种变异性强的特点，陈薇自然而然地想到，用针对丙肝的干扰素来对付SARS。

为了避免疫情扩散，研究所要求所有与病毒打交道的科研人员也必须全部隔离。于是，陈薇收拾了简单的生活用品，被“关”进了附近已经清空的空军招待所。

和所有被隔离的科研人员一样，每天除了吃饭睡觉只剩下做实验。在负压的三级生物安全实验室里，和SARS病毒共处一室，为了防止感染，光防护服就得穿三层。做起实验来常常一待就是八九个小时，不能吃饭，不能喝水，也不能上厕所。陈薇干脆穿着成人纸尿裤进实验室。

每天都有人催着团队的研究进度。刚开始时谁也不能保证ω干扰素抑制SARS病毒肯定有效，除非实验重复三次及以上且得到的结果相同，才能得出肯定的答案。负压，加上混乱的作息，陈薇感到头疼欲裂，这种痛苦常常伴随着一种持续的、超常规的兴奋，陈薇知道自己离终点越来越近了——科学家在苦苦寻找答案的时候，那种对于不断逼近目标的感觉会越来越强烈。

4月16日，世界卫生组织正式确认冠状病毒的一个变种是引起SARS的病原体，陈薇的实验验证了ω干扰素对SARS病毒具有明显的抑制作用——这种抗病毒多肽类物质在细胞中可以阻断病毒的复制，这就意味着它能够在一定程度上抑制SARS病毒对人体的侵害。

4月19日凌晨4点多，等不到天亮，更顾不上吃早饭，一夜未眠的陈薇披上外套直奔实验室。春末的北京依然春寒料峭，清冽的空气刺激着她兴奋的神经。再过一个多小时，第三次重复试验的最后一步——染色的结果即将出现。如果成功，就说明她当初的设想是对的。最后一战了！成败在此一举。

这种体外细胞实验每做一次都需要四五天时间。第一天，在96孔的透明板子上铺上细胞。第二天，加干扰素。第三天，加病毒，并给细胞48到72个小时的病变时间。最后一步，加染色用的结晶紫（俗称紫药水）。细胞如果还活着，就会被染成蓝紫色，说明干扰素剂量有效，对细胞起到了保护作用。

5点多，当窗外的天空渐渐明朗时，板子出来了。从左往右，蓝紫色从浓逐渐变淡，呈现出规则的梯度变化。实验结果证明：从细胞层面看，基因工程人ω干扰素对SARS病毒有明显抑制作用，而且陈薇掌握了干扰素有效剂量的临界点。

"肯定有效！我们可以阻挡SARS了！"走出实验室时，她开心得像个孩子。

陈薇随即把消息上报给全国防治非典型肺炎指挥部。当晚，央视新闻联播报道了这一成果。报道还给了这组实验数据一个特写镜头。

第二天，又发生了一件让她终生难忘的事情。4月20日，丰台路20号院里比以往多了很多岗哨。“可能又有什么领导来了吧？”陈薇想。“非典”期间，中国人民解放军军事医学科学院是北京市重要的科技和装备支持单位，全市使用的消毒剂、消毒车、一次性防护服等药品和医疗材料都由这里供应。也正因为如此，迎接各种视察并不是什么新鲜事。

实验工作一切如常。直到正在做实验的陈薇被通知去开会，她才知道，是胡锦涛总书记来了。座谈会上，陈薇作为补充发言者，汇报了干扰素抑制SARS病毒的最新研究进展。那天，胡锦涛总书记送给陈薇实验室12个字——“为党分忧，为民解难，拼搏奉献”。

4月25日，反复论证后，陈薇研究团队果断地将他们的发明申报了专利。中国科学家以最快的速度确认了干扰素对SARS病毒的抑制作用。10天后，美国才宣布确认了同样的结论。4月28日，“重组人干扰素ω喷鼻剂”经国家食品药品监督管理局批准，正式进入临床研究。

此后的两个多月里，为了继续做临床试验，陈薇跑遍了全国7省市的31家医院。北京小汤山医院，这个仅用7天就建成的拥有1000张床位的野战传染病医院，成为他们的一处临床试验点。经过两个多月的试验，重组人干扰素ω喷鼻剂被证明在预防SARS上具有显著成效。全国31所试验医院的14000名医护人员，在使用干扰素后，无一例感染。该成果于2013年获军队特需新药证书和生产批件，被广泛用于各类禽流感和腺病毒等呼吸道病毒感染预防，为此后的“神五”发射、“9.3”阅兵及援非抗埃等重大活动的医学保障做出重要贡献。

陈薇的办公室里放着一张照片，是她和时任小汤山医院院长张雁灵在医院门口的合影。照片中，张雁灵笑着用手比画了一个“0”。这个“零”，意味着医护人员零感染，也意味着抗击“非典”战役中一次难得的胜利。

这张照片的旁边，是另一张差不多同期拍摄的照片。一个小男孩撅着小嘴抱着电视亲吻屏幕里的人。照片中的小男孩叫麻恩浩，他隔着屏幕亲吻的，是他100多天没见着面的妈妈陈薇。

2003年非典期间，麻恩浩4岁多，这个年龄还不知道什么叫“非典”，但他却记得自己已经有100多天没有见到过妈妈了。100多天，对于4岁的小朋友来说已经是个巨大的数字了。

他每天都会问爸爸：“妈妈今天回家吗？”

直到有一天爸爸告诉他：“你妈妈要上电视了！”

那天晚上，央视《焦点访谈》播出的时候，父子俩眼巴巴地坐在电视机前等着。

“妈妈！”看到妈妈出现在电视上时，小家伙突然站起身，撅起小嘴亲了上去。这一幕恰好被拿着相机准备拍点什么的爸爸定格下来。

在麻恩浩的记忆里，陈薇更像是他童年时光的一个剪影，有些模糊，也不太连贯。妈妈的陪伴是短暂的，就像她每一次回家都是短暂的一样。三年级那年，汶川发生了地震，陈薇担任国家卫生防疫组长，去了灾区一线。好不容易从汶川回来后，陈薇又直接投入奥运安保工作中，成为军队奥运安保指挥小组专家组成员，带队负责鸟巢、水立方等在内的20个场馆的核、生、化反恐任务。那段时间，读小学的麻恩浩只能通过电视新闻了解到妈妈的情况。

虽然失去了一次又一次陪伴孩子的机会，但孩子的成长却不断给她带来惊喜。现在麻恩浩已经开始主动参与到她的事业中来。做志愿者，去埃博拉疫区，陈薇看到了一个心地善良、乐于助人的孩子，一个懂得生活、懂得爱的年轻人。

但这么多年始终有一件事让陈薇难以释怀。“非典”期间，时任北京市委书记刘淇曾向她询问药物的安全性问题，她回答说：“我孩子4岁多，用干扰素已经快两个月了。”

“在自己孩子身上用？如果出现万一呢？”陈言问。

“不会有万一。”陈薇平静地说。

虽然心有亏欠，陈薇还是义无反顾地往前冲。“穿上这身军装就意味着这一切都是你该做的。我愿这一生都能和致命病毒短兵相接，为那些受困的生命打开希望之门。”

3. 回到一切开始的地方

时间　2018年5月

坐标　刚果(金)

虽然世界卫生组织在2016年1月14宣布西非埃博拉疫情终结,全人类都为之松了一口气,但陈薇与埃博拉病毒的对抗从未放松过一丝一毫。作为一名优秀的病毒猎手,直觉告诉她:但凡稍有疏忽,都将给对手以可乘之机,不论是老传染病还是新传染病,都不能等闲视之。陈薇心里很清楚,埃博拉病毒仍然是一颗随时可能爆炸的重磅炸弹,随时都可能再次死灰复燃,它的传播速度和致死率堪称"超级病毒",必须高度警惕,防止它卷土重来。

果不其然。

2018年5月,又一个春夏之交,在非洲的雨林深处潜藏了两年之久的埃博拉病毒再一次冒头。这一次,它重新回到了刚果(金)那个名叫姆班达卡的地方。

1976年,在扫荡了姆班达卡40多个村落与小镇、夺去了数千个生命之后,埃博拉病毒第一次在人类的历史上留下了一道黑色的闪电。近半个世纪之中，赤褐色的埃博拉河沿着姆班达卡浓绿的雨林向着大西洋静静奔流，在平均寿命仅有50岁的非洲国家，一代人早已逝去，关于非洲死神的传说也早已成为部落酋长口中的故事。就在即将被人遗忘之时，埃博拉病毒在刚果（金）西南部城市姆班达卡再次现形，当地卫生部门报告了第一个埃博拉确诊病例。

包括当地政府和世界卫生组织在内的所有机构都尚未发布疫情隔离措施，但零星出现的报道让陈薇再一次把心提到了嗓子眼上——城市病例的出现，通常意味着在偏远的雨林深处，在尚不为人知的村落里，已经出现了更多难以计数的埃博拉病人。况且姆班达卡位于刚果河畔，拥有百万人口，是通往首都金沙萨的贸易重镇和交通要地。

很快，疫情开始大规模蔓延。5月中旬，刚果（金）卫生部门宣布全国共报道疑似和确诊病例42人，其中23人死亡。世界卫生组织提供的首批4000支埃博拉疫苗运至首都金沙萨。该疫苗由美国默克实验室（Merck）研发，一直未经法律认可，但在2014年西非大面积爆发疫情时，试验表明该疫苗对控制病情有效。这是自两年前该疫苗研发成功以来首次正式投入使用。

在中国海关总署发布严防刚果（金）埃博拉疫情入境的公告之时，陈薇向上级组织提出了前往刚果（金）的请战申请。理由很简单，不管是常驻刚果（金）的上万名中国同胞，还是当地千千万万的黑人朋友，她手上的疫苗，是维护生命、战胜死神的有效武器。

两年前，陈薇四次带队亲临塞拉利昂对国产埃博拉疫苗进行境外临床试验，试验结果证实疫苗安全、有效，且方便运输、储存。西非疫情结束之后，陈薇从未停止过对疫苗的研发和优化，改进后的新一代疫苗已经能针对老人、小孩等特定人群进行更有针对性的接种。已公开的实验数据显示，相比美国的疫苗，新一代国产疫苗无论在安全性、有效性和便携性上都具有不可替代的优势。

陈薇对国产埃博拉疫苗充满信心。2018年6月，她冲破重重阻碍，几经辗转终于抵达疫区前线刚果（金）姆班达卡。站在埃博拉河畔，望着眼前奔腾不息的河水，她拍下了一张珍贵的照片。在一切开始的地方，她将有机会在这里结束一切。

雨季的非洲很少放晴，天空在沉闷的暗灰色与酷热的银灰色之间随意切换。闪电在远处的深林划过天际，闷雷在宽阔的河面上滚滚而来，硕大的雨点猝不及防地落下来，打在凤凰树延展的树冠上。人们躲进街道两边商店的雨棚下，喝啤酒，唱歌，裸露的街道上一片红色的泥泞。

很少有人去过真正的雨林深处。其实那里才是非洲人的故乡，每个非洲人都有自己的部落和村庄，那里是完全属于他们的世界。

这一次,陈薇要走进这个隐秘的世界。

从刚果(金)首都金沙萨前往埃博拉河所在的姆班达卡,严格来说并无陆路通行,雨季中,山洪与暴雨切断了两个城市之间的地面连接。陈薇带着另外3名团队成员登上了当地的一架小型飞机。

上飞机前,每个人都领到了一件雨衣,当时还觉得奇怪,直到到了空中,外面下大雨、机舱里下起小雨时,陈薇才相信之前她听说过的故事是真的:2014年,一架飞机在刚果(金)的勾马地区坠毁,事故起因竟然是有名乘客把一只鳄鱼藏在袋子里带上了飞机!在空中,鳄鱼挣脱束缚从袋子里爬了出来,吓坏了的乘客在机舱里逃窜,飞机最终失去平衡导致失事。

这里的飞机多半是20世纪五六十年代苏联使用过的淘汰机型,驾驶员也多来自那里。在这里,这种飞机就像公共汽车,时不时降落在雨林中的小城,上来一群带着活禽活畜的当地农民。

陈薇的学生,一个刚刚结婚不久的博士研究生被眼前的情景吓坏了。飞机起飞后,她就一动不动地趴在窗口,开始有种前途叵测的感觉,她想也许自己不应该抛下父母和丈夫来到这里,有那么几个瞬间,她怀疑自己将再也见不到最爱的亲人了……

其实,跟下面深不可测的雨林相比,摇摇晃晃的机舱是很安全的所在。

陈薇没有理会眼前的这一切。从狭小的舷窗望下去，热带雨林像无边无际的黑色沼泽，刚果河则像一条银色的巨蟒，环绕着盆地底部的金沙萨，然后拐了个弯，向西南蜿蜒而去。最初，埃博拉病毒就是在这里的某处角落降临人间，沿着巨蟒的身躯吞噬着雨林中的生命，直到河流的尽头，汇入大西洋，抵达世界的每一个角落。落地前，陈薇被眼前的景观震撼：雨季刚开始，禾草依旧枯黄，合欢树孤独地撑开树冠。但是这里没有奔腾的河马，没有咆哮的狮群，取而代之的是一个个褐色的坑洞，大大小小地分布在雨林与草原之中，那是挖矿留下的矿坑和雨林被砍伐烧毁后留下的疮疤，从空中俯视，就像猎人布下的陷阱。她想起《血疫》中的话：大自然有自我平衡的手段，雨林有自己的防护手段。地球的免疫系统察觉了人类的活动，开始发挥作用。大自然在试图除掉人类这种寄生生物的感染，说不定艾滋病只是大自然清除过程的第一步，如同埃博拉病毒凶狠残忍又纯粹彻底，匆匆一现，又悄然离去。

脚下的这个国家最大的经济支柱之一便是伐木。世界上其他国家的伐木工程通常是将一片森林通通砍光。但在中非，在刚果（金），人们开始有选择地伐木。一条条赤色的公路像在墨绿的雨林中打通的血管，密集地伸向雨林的深处。泥泞的公路一直修到拥有珍贵树木的原始森林边缘，越来越多的伐木工人被送到那里。其中也包括数万名来非洲淘金的中国工人。

新的伐木营地一个一个地出现，来自欧亚大陆的白种人、黄种人陆续进驻，工人在密林深处铺设道路，砍伐参天大树，将砍倒的木材切割运输出去。工人聚集的地方变成了临时的小镇，小镇里的居民要吃肉。当地人主要吃猴子、蛇，靠近河道的还能捕食鳄鱼等野生动物。女人会把猴肉用柴火熏得焦黑，外面结成厚厚一层焦壳，然后顶在头上到营地里卖给临时小镇的外来居民。她们有时还会捎来几条熏蛇，甚至还有熏小鳄鱼，黑乎乎的一块，从外表根本看不出来是什么东西，不过扒开焦煳的外壳，里面的肉倒是白白嫩嫩的，据说很是可口。

这给雨林病毒的传播制造了绝好的机会。从前猎人住在偏远的村落里，以往的狩猎区域以这些古老的村落为中心，以圆形向外辐射，对狩猎区域外围的影响很小。伐木公路和临时小镇的兴起给猎人提供了越来越多进入森林、布置陷阱、用猎枪击毙野生动物的据点。越来越多的当地农民加入打猎的行列，他们把打死的或者不明原因死亡的猴子、猩猩背出雨林，沿着尘土飞扬的公路贩卖到临时小镇上，有些还把猎物装进硕大的筐子里顶在头上，乘坐往来穿梭的运输车辆到达城市里的农贸市场。在雨林深处潜藏了上万年的病毒被唤醒，在那里，木头、猴子和不为人知的病毒一起被装上车，抵达刚果河上的大小码头，再在那里被装上船，运送到世界各地。

如今，陈薇有机会终结这个对手，同时她也知道，这个地球必将在未来创造出新的病毒。在一个优秀的病毒猎手看来，如果要给“恐怖病毒”列个排行榜，那么排在首位的既不是埃博拉病毒、SARS病毒，也不是艾滋病病毒，而是下一个“未知病毒”。环境在变化，物种在进化，生物防控领域的战云从未消散，很难说人类不会在明天就遭遇致命恐怖病毒的侵袭。

刚果（金）的雨林已经成为孕育新型病毒的温床，来自万里之外的伐木工人带来了来自世界各地的病毒，在最偏远的村落里，流行病学家发现了蔓延全球的H1N1。在这些地区，科学家们找到了地方性病毒，也找到了像HIV这样的世界性病毒株，它们以自己的方式沿着公路出行，传染给居住在遥远乡村土地上的人们，连最偏僻、最古老的村落，新病毒进出的频率都越来越高。不同的病毒最终会落脚在同一个宿主身上，并在他的某个细胞内交换基因。正如之前所介绍的那样，病毒有多种方式发生基因变化：基因信息的直接变化（基因突变）或者交换基因信息（基因重组）。

这是令所有病毒学家都不寒而栗的情景。流感病毒能够在人类、鸟类和猪之间互相传播并进行基因重组。猪有可能获得一些人类流感病毒,也能从鸟类甚至是迁徙途中的路过的野鸟那里感染病毒。这些野鸟能够跨越高山与大洋的阻隔,将另一块大陆上的病毒传染给猪。当野鸟带来的新病毒与人类带来的病毒在猪这样的动物体内互相接触时,结果之一就是产生了全新的流感病毒。这种病毒一部分来自流行中的人类病毒,一部分来自鸟类病毒,这种新型病毒一旦重新感染人类,就会迅速蔓延开来。因为它们与早先流行的流感病毒有显著不同,人体自然形成的抗体和疫苗根本无用。

基因重组在许多病毒进化中发挥着关键作用。人们后来对SARS病毒进行的基因分析显示,它最早很可能是一种蝙蝠冠状病毒和另一种病毒的基因重组病毒。后者也许是我们尚未发现的一种蝙蝠。在感染人类和果子狸之前,这两种病毒进行了基因重组,生成了一种新的镶嵌体病毒。人类永远无法预知哪一天一种新型病毒就会突然显形,越来越多的学者相信,新的一波生物安全风险即将来袭。但陈薇不相信病毒、细菌是不可战胜的。敌人来了,战胜之,消灭之,为祖国筑起生物安全的盾牌——这是作为一名军人的使命,也是一个病毒猎手的毕生追求。

飞机在雨林中裸露的空地上着陆。机组人员很害怕,他们不肯多呼吸一口机舱外的空气,飞机刚刚停稳就迫不及待地将医生们赶出舱门,将行李搬下飞机——那是陈薇一行万里迢迢从北京带来的疫苗。飞机加速起飞，留下他们站在强烈的气浪里。

在当地卫生部门相关人员的陪同下，陈薇一行进入疫区的核心地带。他们找到村镇的首领，这是个本地出身的酋长，正深陷困境心烦意乱。“我们处境艰难，越来越多的人生病，没有医生也没有药。更多的人饿着肚子，没有干净的水。”他对这群来自中国的医生说，声音开始颤抖，眼泪都要掉下来了。

小组里一个向导知道怎么处理这种事情，他悄悄地塞给对方一些现金和礼物，握着他的手说：“尊敬的村长先生，这些来自中国的医生就是来帮助你们的。”村长收起礼物，很快安排好人手，保证用他能调动的一切资源配合他们开展工作。

他们开始向村落北边的埃博拉河行进。

时值雨季，村里所谓的道路是被溪流切断的一连串烂泥坑。当地租用的车子根本无法通行，陈薇一行只能肩背手提几十斤的包裹徒步前行。连绵不断的大雨和令人窒息的雨后闷热连番来袭，每走一步都要消耗极大的体力。

穿过村庄，来到雨林的边缘，几棵伐倒的大树垒成的路障挡住了去路。和各种不知名的瘟疫打交道了几个世纪之后，村落里的长者学会了用这种土办法来对付它们——隔绝村庄与外界联系的通道，仿佛这样就能保护村民不受瘟疫的侵袭。

“这是非洲古老的传统,在瘟疫爆发时,每个村落会树起这样的路障,”向导告诉他们,“外来者不能轻易进入。”

看见他们靠近,远处有几个男子隔着路障对他们喊话。向导用当地的土语告诉对方:“这些是来自中国的医生,是来帮忙的!”

村民终于搬开树木,清理出一条缝隙,陈薇一行人手脚并用,“爬”过路障,继续深入森林。周围是肆意生长的雨林,樟树、柚木和不知名的热带树种彼此纠缠,树冠盘绕交错,树枝摇曳摆动,在雨中沙沙作响。偶尔传来几声野生动物的呼号,向导说也许是路过的猴群。

偶尔经过几个茅草屋,妇女抱着婴儿,黑漆漆的屋里躺着分不清性别与年龄的人。据说村里的人会把患病的人送进村庄边缘的孤立的茅草屋,让他们在那里等死,这是非洲人流传下来的对待瘟疫的古老传统。有些死过人的茅草屋被付之一炬,有些则被遗弃在蓬乱的杂草中。雨林的植被繁盛,很快就会吞噬掉人类存在的痕迹。病毒曾经在这个偏远的村落里来回扫荡,现在也许是消失了,更大的可能是潜伏起来了,伺机而动。就像它们曾经发动过的无数次偷袭一样。

“当你凝视深渊时,深渊也凝视着你。”陈薇脑中忽然跳出这句话。此刻,她感受到了对手的凝视。

有时候你越是琢磨高危病毒，越会觉得它们不像猎物，而是越来越像猎食者。猎食者的特征之一就是会无声无息地潜行，有时候会埋伏很长时间，只为等待一个机会。一旦时机成熟，它们会毫不犹豫地突然发动袭击。一切都在电光火石间。

非洲的草原上、雨林中，这样的猎杀无处不在。陈薇想起一部纪录片中的镜头：荒莽的稀树草原上，金黄的禾草高低起伏，四下里无声，只有合欢树上的非洲隼偶尔发出一两声尖利的啼叫，扯破灼热的空气，直穿云霄。一群斑马和角羚列队穿过，焦热的空气将它们的身影渐渐模糊。突然，埋伏在草丛中的一只母狮从斜刺里窜出，猛地咬住了一只斑马幼崽的咽喉，鲜红的血柱喷溅出来，瞬间染红了周围的黄土。马群惊慌地四散奔逃，一匹母马发出悲怆的嘶鸣。母狮口中的猎物不再挣扎，腾起的尘土淹没了它们的身影。很快，狮群的午餐结束，斑马的尸骸上爬满苍蝇。

人类早已站在食物链的顶端，被猎食的记忆在进化过程中被消除殆尽。作为一名病毒猎手，陈薇始终提醒自己，那些以人类为猎杀对象的捕食者就藏在这片咫尺之遥的森林中，它们已经在这里潜伏了很久，比人类要久得多。它们的起源甚至可以追溯至地球形成之时。它们中的一员捕杀并吞噬了这个村子里的人。如同草原上的狮群。不,它们远比狮群可怕。

两个小时后,经过漫长而艰苦的跋涉,一条棕色的大河终于出现在他们面前。

一天的大雨结束,落日的光从重重乌云中透射出来,河水从黄褐色变成金色,变成红色,变成紫色。急流声如雷鸣,奔腾不息。

埃博拉河在当地土语中意为“大河”。陈薇想不出还有比这更恰当的名称。

大河宽阔,浑浊,河上长满了一丛一丛的水葫芦,如同墨绿色的浮动岛屿,漂在如湖海般宽阔的河道上。水葫芦是浮水草本植物,坚韧的枝蔓和叶子纠缠成厚厚的一团,黏附在河岸上,堵塞了河道。它们长得很快,人们用尽各种办法想消灭它们,但根本来不及。它们从南部的雨林漂过来,绕过河湾,又从急流处腾挪跳跃而下,雨水和河流像是要把树林从非洲大陆的腹地扯走,让它在河上漂,漂流到海洋,到遥远的地方。

匆匆一瞥,来不及做更多停留,陈薇一行要启程前往下一个村庄。她不能让自己慢下来。她要时刻准备着,到非洲的大河与群山之间,到任何一个需要她的地方去。

尾声

重回非洲

1. 非洲之念
2. 未完成的采访
3. 村寨诊所
4. 新生的“奇迹”

1. 非洲之念

时间　2018年9月

坐标　塞拉利昂　弗里敦

再次降落在非洲的土地上时，陈言一时间有些恍惚。

四年前差不多也是这个时候，从北京首都国际机场坐车回家的路上，陈言开始怀念起非洲的交通来。说来也怪，一个拥有百万人口的城市没有一个红绿灯，马路上车还不少，但就是不堵车，司机们都排着队闪着灯，互相礼让，有序通行。从内罗毕（东非国家肯尼亚首都）到蒙罗维亚（西非国家利比里亚首都），居然没见过一个加塞的，回头看看身边那些堵在路上的司机同胞们，陈言不禁失笑。

他瞟了一眼手机导航，机场高速全线飙红，出租车一顿一顿地往前挪。摇下车窗，空气中一股熟悉的焦煳味。

回到单位，同事们"哗"一下聚拢过来。怎么样？西非还安全吗？生病了吗？吃的怎么样？照片、录像什么都拍了吗？他尽力回答，向他们描述被封锁的贫民区，被摧毁的医院，住在摇摇欲坠的窝棚里的穷人，被遗弃在医院门口的小孩，时断时续的供电，难以下咽的食物。千头万绪，他发现自己并不擅长讲故事，没办法让这些东西鲜活起来。非洲的群山和草原，大西洋的海岸与木棉树，那么多生机勃勃、令人心动的细节，却越来越模糊不清——记忆是不靠谱的，如今他正在一点一点忘掉那些细节。在自己听来，这些描述不过是泛泛而谈，如同一篇寻常的新闻报道，多是名词、动词、数量词，缺少形容词与副词。

同事们对他此次的非洲之行的热情很快淡忘。毕竟身处这个时代，人的注意力成了稀缺资源，成了各种互联网产品竞相争夺的对象，新鲜事物层出不穷。特别是做新闻的，都讲时效性，今天的新闻就是明天的垃圾。对此每个人都被裹挟其中，难以免俗。

回到家，让陈言没想到的是，头一眼就看到客厅里更换了陈设——原来的白色地砖换成了实木地板，宽宽的胡桃木板条，木纹大气，宽阔的油蜡皮组合沙发下铺着精美的土耳其地毯，那是和妻子蜜月旅行时买的。他这才想起来，走之前妻子龚倩跟他提过客厅的瓷砖地板旧了想换掉。

此刻她迎上来，给了他一个大大的拥抱，热情地说："怎么样！惊喜吧！"

陈言在铜壶色的木地板上走了一圈，一边夸赞妻子的眼光，一边把身体陷入舒适的新沙发中。不知怎么，他感到有点难堪。也许是因为新沙发太舒服了，他感觉自己和这一切脱节了。什么胡桃木地板、油蜡皮沙发、土耳其地毯，还有妻子特地为他准备的礼物——一双昂贵的名牌皮鞋，他们的新家，以及他和龚倩一直以为对这些东西孜孜以求的热情，满腔的期待都实现了，如今却让他感到有些不自在。只是让他回想起，在他的生活与他在西非看到的那一切之间，有着怎样的天壤之别。

“怎么了？”

“有点不舒服，也许是时差。”陈言说，“谢谢你，亲爱的！”

第二天是周末，陈言倒头睡了十几个钟头，醒来已近中午。下午他陪龚倩去商场逛了逛，拎回来一堆大包小包。晚上约了几个朋友一起吃四川火锅，这一口简直是他在非洲最想念的东西。席间朋友们传看他手机里的照片，不停地问这问那，问他在非洲的见闻、趣事，他在肯尼亚有没有看见狮子，卢旺达是不是真像电影里那么不安全，非洲人是不是喜欢热闹。他一一作答。

“真没法想象要是在那里我要怎么活。”

“他们很乐观的，有点钱就喝酒，喝完酒就唱歌跳舞，真是穷开心。”陈言寻找着合适的措辞，“不像我们。”

“文化冲击很大吧？”

“那是。”陈言没说，真正的文化冲击似乎是回来以后才发生的。

两个小时下来，没有太多人关心病毒的事。关于埃博拉病毒只有在新闻联播里才有报道，一条不超过30秒。现在的人都用微信看新闻，没几个公众号关注跟我们八竿子打不着的事情。

回到家里，龚倩交代他过几天一套组合音响会送过来，她订了一套家庭影院，下周她要出差没法接收。

躺在沙发里，陈言说：“你觉得这一切咱们非要不可吗？”

“你说什么？”她以为自己听错了。

“所有这些东西。”陈言从沙发里站起来。

“你什么意思？”她提高了几个声调。

“你不觉得太多了吗？那双鞋的钱，能在非洲养活一个小孩。”

她脱下外套，给自己倒了一杯水。“你怎么了？回来有负罪感了？”

“也不是吧。”陈言再一次坐下，“唉，我也不知道怎么了。时差没倒过来吧，人有点飘。”

他再一次把自己陷进沙发里。

接下来是忙碌的一周。周一顶着北京的早高峰，在四环上“爬”了一个小时。刚进办公室，就被出差一个多月堆积下来的大小事务淹没了。桌面上有一大堆文件和资料等着他一一过目，打开邮箱，160多封未读邮件，工作用的微信留言也满了。刚坐下来茶都来不及泡，同事过来催他开会。本周例会，他的非洲专稿是重头戏，需要跟主编和团队讨论无数细节。

他感到头疼开始发作。

很不幸，会议冗长且无聊。同事们讨论得很热烈，在他听来却有些浅薄无聊。那个死去的男孩的样子总在眼前闪回，让他有些分心，当然这些可以做成一个专题报道，但手头的资料总显得有些轻飘飘的，分量不足。直到午休时间过了一半，他才吃上午饭。在办公室里，他一边用筷子扒拉着一份冷掉的红烧肉盖饭，一边处理邮箱里的未读邮件。他回答着同事们相同的问题：非洲安全吗？看见狮子了吗？吃些什么？贫民窟什么样子？——做记者的平时大多不坐班，只有周一例会时才会集中在办公室出现。他的答复越来越简略，从一段话减少到一句话，最后只剩几个词。眼前飘满了英文单词，那是他这一个多月落下的作业。他参加了一所美国常春藤大学的一个国际新闻培训项目，课程很紧，他已经落后了许多。

这好像是工作以来最艰难的一个星期。整整一周，他都提不起精神来，又被眼前无数的杂事烦得要死。送货的打来电话，他们预订的家庭音响在物流上出了问题，又是一通周折，最后陈言对着电话发了顿火。

又花了一周,家庭影院终于顺利装好了。看电影是他和妻子共同的爱好,拥有一套家庭影院也是他们结婚时就定下的“小目标”。现在总算实现了,效果是真好啊！投影机装在天花板上,放出的画面鲜艳锐利,整整半面墙大小的宽幅银幕。7.1声道的环绕音响,一个均衡器,外加放在4个角落里的四个低音炮,打造出奇迹般的音响效果。龚倩心花怒放,两人一同陷进宽大柔软又不失筋骨的沙发里,开心得像个孩子。看着身旁的妻子,他觉得又找回了从前的感觉,他们拥有的一切都是他俩辛苦工作挣回来的。两人是大学同学,学生时代一直埋头苦读,约会地点不是在图书馆就是在自习室,毕业后龚倩进了一家外企,陈言选择了自己的新闻理想,走了记者这条路,两人把青春都奉献给了奋斗,他们为这个小家付出了所有,还有什么不满足的呢？这是他的家,这是他的生活。

时差终于彻底倒过来了,陈言又恢复到往常的节奏中。稿子在几轮的磨合下来总算成形了,剩下的就是一些细节上的完善和打磨。冬天,陈言请了年假带着龚倩去云南旅行,在大理时住在一家建在水边的客栈,隔着玻璃就是静谧的洱海。远处,苍山的线条温柔起伏,天空高远而碧蓝,夕阳落入天地的尽头,随着夕阳暗淡下去的,是那朦胧而连绵的群山。

在过去的四年中,对陈言来说,非洲已经变成某种抽象的符号，仿佛电影院里的巨幅海报。把他们联系在一起的东西已经被时间磨蚀了。一切细节早已含混不清，群山的轮廓逐渐模糊，浓烈的色彩在记忆里逐渐暗淡下去，变成像素不高的黑白照片。如今他和非洲之间，隔着不可逾越的万里群山和两个大洋。虽然他还时不时谈及那段经历——在新朋友面前这是个足够吸引人的谈资，对此他早已驾轻就熟。

2018年7月的一天，陈言正在参加一个朋友聚会，席间觥筹交错，他也喝了不少啤酒。手机叮的一声，一个标题为“来自安娜”的新邮件跳出来。他点开看了一眼，放下了手中的扎啤杯，手指慢慢划过屏幕。

陈言老师：

您好。我是安娜。许久没有联系，近来一切安好？

四年前贵刊刊发的一整本非洲纪实和后来出的纪录片我都看了，相当精彩，令人印象深刻！感谢您对非洲的关注，只是很遗憾，因为埃博拉疫情我们没能顺利见面。

2014年我在塞拉利昂的任务一直持续到年底才完成。回国之后我先是在一所私人医院执业，前年又接到了无国界医生组织发来的工作邀请,但因怀孕生女而未能成行。自己当了妈妈之后,更加牵挂那边的孩子了。四年前那场疫情留下许多孤儿,当时我所在的妇女儿童治疗所就收治了许多由埃博拉出血热治疗中心转移过来的孩子。他们后来有些被送往孤儿院,有些因过度虚弱死去,有些就留在了治疗所,但几乎都有严重的后遗症,一些国际救援组织的友人会定期为他们提供帮助。

这个国家的事,陈言老师,该怎么说呢?对非洲这些国家苦难深重的历史,我想您了解得一定比我清楚。这些孤儿,一半的命运是埃博拉疫情造成的,另一半是战争造成的,或者更确切点说:战乱。不是一场两场的战争,而是连年战乱,有大的,也有小的,有正义的,也有非正义的。在这些战争中,正义和非正义的一方不断更换角色,每次有新的胜利者登场,他们都会宣称自己是正义的一方。他们的名字不停改变,面孔不停变换,为了权利与金钱,冷枪、地雷、空袭、火箭弹、抢劫、强奸、杀戮,整整持续了几十年。直到十多年前,内战才告一段落。那里的人苦不堪言,我第一次去执行任务的时候发现村子里许多男人都没有双手。因为在战乱中反叛军会砍去平民的双手，有些只砍断手掌，有些从肘部砍断，这样这些平民就无法支持政府军了。在这里我听到太多惨绝人寰的故事，我不想过多叙述。

内战结束才十年，埃博拉疫情又来了，虽然疫情只持续了一年，但对这个本就极度脆弱的国家又是一重致命打击。没有人敢来非洲旅游，矿场的工人也逃逸回家，上万人死去，上万个家庭破碎，一场埃博拉疫情把这个本来已经开始复苏的国家经济一夜之间拉回到了内战时代。就算是侥幸存活下来的幸存者也苦不堪言，他们有严重的后遗症，失明，关节疼痛导致无法行走，还有脑损伤引起的各种剧痛。孤儿们更是可怜，我曾想领养她们，但法律不允许。

我女儿今年满周岁了。我再次申请了无国界医生在塞拉利昂的项目，由于我曾有过在那里的工作经验，他们很快通过了我的申请，我将于今年9月再次飞往非洲。如果您或者您的同事、记者朋友对此依然感兴趣，欢迎你们到非洲来。那里的人们需要我们，也需要你们。

随信附上一张旧照。这是四年前在弗里敦拍的，这个小女孩叫艾丽，那场灾难夺去了她所有的亲人。

我的手机号码:**********

您可以与我联系。

致礼。

安娜

照片上,一个清瘦的中国姑娘抱着一个更瘦的塞拉利昂小女孩,笑成两朵花。

久违的笑容。

那是一种非洲专属的笑,从心底里发出来的笑,热烈、直接,像盛放的向日葵。

这种笑容有种魔力,激活了陈言大脑海马体中的某一块区域,储存在其中的记忆瞬间被提取,沿着神经管路输出。四年前关于非洲的一切扑面而来:紫罗兰色的天空,乞力马扎罗山的雪,荆棘树上的花豹,连绵的青峰与丘陵上的红土,咸湿的海风,非洲人笑起来的大白牙,“太空人”抱着的那个小男孩——一切的一切一直在他记忆深处潜藏,等待着这样一个机会喷涌而出。

“我一定去。”陈言回复了四个字。

也许是喝了酒的缘故,他想都没想就做了决定。这不是他往常的风格。他一直是个细致严谨的人,做任何决定之前习惯于考察所有细节:手头的工作会不会被打乱,老板同不同意，妻子赞不赞成，签证有没有问题……但在那个瞬间，所有这些事情都无足轻重，他直截了当做了决定。

两个月后，陈言登上了飞往弗里敦的航班。

2. 未完成的采访

四年前的那次非洲之行，陈言一战成名。

没想到报道推出之后效果这么好，凭借这组报道，陈言所在的杂志重新夺回了当年杂志影响力榜单的首席交椅，他本人也因此获奖无数，鲜花掌声之外还收获了不菲的奖金。

如果说还有什么遗憾的话，就是那场未完成的采访。

为了做好那组报道，陈言下了苦功夫，在一个犄角旮旯的资料堆里发现了安娜的故事。安娜是来自中国北方的姑娘，毕业于国内顶尖的医学院校。她辗转于亚非大陆，从群山之间的阿富汗到非洲之角索马里，给那些苦难深重的人带去一丝慰藉。见面前，陈言把她想象成一个表情坚毅的女战士。

没想到她这么年轻。照片上的她看上去有些疲惫，脸皮浮肿，眼窝凹陷，但她清洌的眼神里，有一种绽放的美，一种热血的感性。陈言想，希望它们永远不会熄灭。

2011年，加入无国界医生组织后安娜参与的第一个任务就是到塞拉利昂博城医院做妇产科医生。那时，国内还没有多少人听说过塞拉利昂，国家层面上与这个非洲国家的主要联系还体现在粮食、药品、现金等物资援助上，只有山东、河北等几个省份定期派遣小规模医疗队，支撑负责20世纪70年代中国政府在当地援建的医院运营。

2014年埃博拉疫情刚刚冒头的时候，安娜再次提交了去塞拉利昂的申请，这一次过审比以往任何一次都快。因为埃博拉疫情，无国界医生在全球范围内能招募到的医生越来越少，还有好多人任务才执行一半就逃离了疫区。当时身边所有的人都反对她的决定，对为什么要冒险坚持这个问题，安娜始终没有正面回答。陈言猜想，也许是因为她的父亲。安娜的父亲是一名海员，供职于国内一家老牌远洋运输公司，一生漂泊，周游世界。安娜从小很少见到父亲，但他对她影响甚深。也许是因为遗传，他们的基因里都有流浪的天性。父亲去世之后，学医的安娜继承了他自由的灵魂。

安娜被分配到一家主要收治妇女儿童的诊疗所。在埃博拉疫情全面爆发后，他们的诊疗所并不在卫生部统一调配的医院之内。塞拉利昂卫生部的救护车不会将疑似或者确诊的病人往这里送，但会要求诊疗所接收一些病毒指标安全但仍需医疗救治的埃博拉患儿。

照片上的黑人小女孩叫艾丽。2014年10月，安娜第一次在诊疗所的小床上见到她时，觉得她虚弱得像只小猫。艾丽刚刚从中塞友好医院转来，来自中国的医护人员从死神手里救下了她的命。

安娜照顾了艾丽5个月，艾丽恢复得很慢，严重的后遗症让她浑身疼痛，医生不得不给她用大剂量的止痛药，副作用让她反应迟缓，也许还出现了智力上的问题。安娜不知道她还能活多久。临走时，她拜托来接替她继续完成任务的无国界医生——一个来自比利时的姑娘，一定要好好照顾艾丽，让她活下去。

艾丽的身体里有与生俱来的顽强，如同非洲大地上的所有生命。非洲的莽原之上，一场山火或者一场蝗灾过后寸草不生，人们饿着肚子死去，但只要雨季来临，天空开裂，豪雨倾泻而下，焦渴的生命便会抖擞相迎。水做的万千鼓槌不停敲击着片片铁皮屋顶，淹没了世界上其他一切声音。沉重、硕大的雨点从合欢树梢滚落，井水满了，河水涨了，群山绿了，莽原上绽开一丛丛硕大、馥郁的百合花。人人欢欣。谷物又拔出新节，生之神灵重回非洲大陆。年复一年，有人死去，更多的生命不灭，顽强地滋长。

艾丽活了下来，成了无国界医生的塞拉利昂女儿，从中国妈妈到比利时妈妈到墨西哥妈妈到美国妈妈，四年过去，她已经能帮妈妈们照顾更小的孩子了。

为了更多的非洲女儿，安娜决定重返非洲。为了未完成的采访，2018年夏天，时隔四年之后，陈言再一次踏上了这片土地。

陈言拎着一个大大的袋子穿过走廊，走廊里有些昏暗，几盏电灯的灯泡已经不知去向。病人们躺在闷热的房间里，消毒水混合着浓重的体味一个劲往鼻子里钻。他只带了一层薄薄的普通口罩，什么病毒都挡不住。

这里是弗里敦一所规模不大的诊疗所。十几名无国界医生和志愿者在这里工作。这里是安娜此次任务的主要场所，她们每周还要下乡一到两次，为雨林深处无法前来城市治病的穷人送去免费的医药。

到了走廊的尽头，他先在房门外稍停了一下，然后才推门进去。一个瘦瘦小小的女孩坐在床边，安娜跪在她身前，正在给她用儿童牙刷刷牙。

“陈老师，您来了！”安娜赶忙把一只牙刷浸到水碗里，一边迎上来与远道而来的同胞热情的握手。

“你好，安娜！终于见到你了！”陈言上前一步，安娜的手枯瘦而有力。

“你们平时还干这活？”

“不属于职责范畴，就是看小姑娘实在太可怜了，也没人管，平时我们不忙时就帮着照顾一下。”安娜笑着说，声音清脆爽朗。

回过头她换了一种欢快的语调对女孩说:“芭拉,这是来自中国的叔叔,给你带礼物啦!”

陈言清了清嗓子,弯下腰说:“你好,小朋友。”

床边的小女孩轻声咕哝了一句陈言听不懂的话。

“这是曼迪语,意思是你好。”安娜给陈言翻译。来这里的多数是穷人,基本没上过学,都说当地的土语,只会几个简单的英语单词。

“我刚开始也完全听不懂,后来才慢慢学了一点,好跟他们交流。”安娜说。

“我给孩子们买了礼物。”他放下袋子,变戏法似的掏出了几套颜色鲜亮的衣服,几盒包装精巧的糖果、巧克力,最后是几个毛茸茸的熊猫玩偶。小女孩的眼睛亮了起来。

懂事的女孩看了看安娜,小心翼翼的眼神似乎在请求她的允许。在安娜的鼓励下,女孩伸手拿起了一只圆滚滚的熊猫玩偶,嘴角漾出了灿烂的微笑。

“她叫芭拉,你可以跟她说说话,我先去隔壁病房,马上回来。”

安娜离开去看望其他病人。陈言便坐到床边,给女孩剥了一颗巧克力,芭拉吃了一口,兴奋得大笑起来。从这笑容里,他才发现,虽然自己年届不惑,可对这个世界,对这个世界的残酷与慈悲,知道得何其少。

坐了一会，安娜还没回来。陈言又剥了一颗糖放进女孩嘴里，说："我明天再来看你，再见，芭拉。"

芭拉朝他欢快地摆了摆手，用生硬的英语说："拜拜！"

安娜的工作强度很大。她虽然学的是妇产科专业，但如今更像是一名专业的儿科医生。妇女儿童的常见病她基本都能诊治。每天她要接待几十名病人，问诊、开药、查房之外，还当起很多没人管的孩子的临时妈妈。

陈言在医院的走廊找到了安娜，跟着她在病房里转了一圈，把带来的礼物分给了孩子们，得到礼物的孩子兴高采烈地欢呼："China！ China！"

第二天，陈言又来看望芭拉。第三天也是如此。据安娜说，芭拉是被人遗弃在医院门诊处的排椅上的。医生们发现时，她正发着高烧，缩成一团，家人早已不见踪影。在这里，单亲母亲把患病的孩子遗弃在医院门口并不是什么新鲜事，每个月都能碰上一两例。她们知道，医生不会不管孩子的死活。

陈言很快认识了这里的其他一些人，安娜的同事、护工、病人，以及医院门口那几个满脸倦容、看起来瘦弱不堪的守卫兼司机。每个人都经历过四年前那段惊恐的时期，每个人都有自己的失去和伤痛，但每个人都依旧笑着活下去。

芭拉的身体一天比一天好起来。他甚至教会了芭拉用汉字写“中国”两个字。她已经开始热情地叫他“叔叔”了，如果他去晚了，安娜会发现芭拉开始坐立不安。安娜告诉他，芭拉每天最期待的就是他的到来。有时她会伸出两只小手，紧紧地抓住他的手。而他也时常想起被两只小手紧紧握住的感觉，想起她小鹿斑比一样的眼睛，高高的额头和笑起来一口十分好看的白牙。

第四天临走前，安娜把他叫住：“别靠得太近，你总归要离开的。”

在医院狭窄的走廊上，两个护工推着一张四轮病床从他们身边匆匆而过，床上躺着个小男孩，看上去奄奄一息。

“有些人从美国来，从英国来，从联合国或者其他什么组织来。”安娜说，“他们来拍照片，或者拍录像，走的时候通常会留下一点钱。我也赞成这么做，因为这里的人需要更多帮助和救援。但他们大部分人走了之后就彻底消失，再也不会回来，再也没有消息，他们忘了在这里时所做的承诺。”

他明白安娜的意思。在非洲，他为自己是中国人感到非常骄傲。走到哪里都有友好的非洲兄弟竖着拇指热情地打招呼：“China！ Good！”中国的援非行动从来就是持之以恒的。至今为止，中国已经派出二十几批援塞医疗队，始终坚守在中塞友好医院。除了整建制的国家行动，还有越来越多的像安娜这样的个人志愿者，通过各种方式来到非洲。从前“大国担当”“人类命运共同体”都只是新闻通稿中的表述,他从未像今天这样真切地感受过这些词汇背后的温度。

“芭拉以后怎么办?”

“我们已经在联系她的家人,希望他们能把她带走。”安娜说,“再不行就只能送孤儿院或者其他慈善机构了。”

陈言一时语塞,不知道该说什么好。

安娜觉察到了他的不安,拍了拍他的肩膀,换了一种轻松的语调说:“说不定他们一会就出现了呢!”

“但愿如此。”他说,“有什么我能做的告诉我。”

3. 村寨诊所

安娜开着一辆租来的越野车，载着陈言和两个同伴，从上往下行驶在一段泥泞的土路上。转过一急弯，视野突然开阔起来。远处的群山，中间的草原，近处的城市在清冽的晨光中苏醒过来。

朝阳正从群山之后缓缓升起，给路边高高低低的建筑洒下斑驳的金光。山下的平原笼罩着一层薄薄的雾气。

每逢周末，安娜所在的医院都会派出小分队下乡，给偏僻的村子里的人们送医送药。安娜答应带上陈言。来之前她就提醒过他，如果可能的话多准备一些小礼物，有助于在非洲打开“工作局面”。“传说中的清凉油已经不流行了，现在他们喜欢足球和钥匙扣，最便宜的那种就行。”于是几十个没充气的足球、塑料打气筒和上百个钥匙扣塞了满满当当一个大号行李箱。

“你去过那里吗？弗里敦最大的贫民窟。”安娜示意陈言往右看,山坡下的一大片低矮的铁皮屋棚。

陈言想起了蒙罗维亚的西点区,四年前他在那里拍下了那张黑人小孩尸体的照片。

这样的贫民窟在非洲随处可见。铁皮做的屋顶,大块大块的锈迹斑驳,墙体有水泥的,有木板的,也有土夯的,一间挨着一间,密密麻麻,政府也说不清这里的准确人口数。从半山坡上看下去,一块块连成片的贫民窟长在非洲墨绿的青山脚下。

"我在蒙罗维亚的西点做过一次采访。那里大多数人没有工作,没有生活来源,天天聚集在街头找点零工,或者靠捡破烂、乞讨为生。一天能吃上一顿饭就不错了。他们好像还特别开心,一点都不为生计担忧。"陈言分享着他的非洲经验和思考,"其实地球上有两个非洲:富有的非洲,只属于极少数人;贫困的非洲,才是大多数人的非洲。"

贫困的非洲绝对是一个现代文明之光照不到的地方。没有自来水,只能拎着塑料桶去很远的地方打水,雨季好一点,可以用脸盆接雨水。没有电灯,晚上只能靠那几根高达十几米的水泥杆子上的探照灯照明,有些人家点着煤油灯。没有公共厕所,大小便放在塑料袋里随地乱扔。在人类文明即将进入机器智能时代的同时,这里还是一片弱肉强食的城市丛林。

坐在后座上的美国姑娘克莱尔告诉陈言,几年前她第一次到南非做志愿者,有一次跟着国际卫生组织的人去贫民窟发放药品,同行的还有联合国粮食署的官员,他们要到那里发救济粮。刚发几袋粮食就冲进来一伙手持机枪的劫匪,哒哒哒朝天空放了几枪,高声叫嚷着让所有人都趴在地上,风卷残云般抢走了所有人的手机、现金、手表和粮食,然后消失在屋棚后面。此后许久,克莱尔常常从噩梦中惊醒,梦见她被黑洞洞的枪口顶着头。

前一天,陈言拜访了在中国做生意的查尔斯一家。对方派司机开着一辆崭新奔驰来宾图尼玛宾馆接他,在城区坑坑洼洼的街道上拐了几个弯,汽车驶上了一条干净、宽阔的街道,路边整整齐齐种着成排的棕榈树。这里的房子都很漂亮,白色的三层小楼带着高高的围墙,气派的金属大门,门口停着几辆豪车。

查尔斯是弗里敦本地人,常年与中国做生意,能说几句标准的普通话。他穿着质地考究的亚麻衬衫,在宽阔的观景平台上招待来自中国的客人。他们喝着肯尼亚山脚产的上等红茶,抽着来自巴西的雪茄,遥望波光粼粼的大西洋。查尔斯说下个月他要去中国采购一批建筑材料,再转手卖给在附近修建公寓的人,据说这一行利润十分丰厚。

“何止两个非洲。旅客、商人、走私犯、盗猎分子、军火贩子,还有我们,来这里的医生、记者和志愿者,每个人眼里都有一个完全不同的非洲。有的人看见壮美的风景,有的人看见金钱,没几个人看见死亡、疾病和流离失所。”安娜说着,换了一种轻松的语调,“当然,除了我们！哈哈!”

路况实在太差,一路颠簸得人骨架都要散了,陈言感到屁股生疼。很快车子拐进了雨林中的红土小路,城区被抛在身后,前方树木遮天蔽日,棕榈树看不见了,取而代之的是灌木林、茅草和荆棘条。车子好像更加颠簸了,刚刚吃下去的抗疟疾的药让他有些晕车,陈言觉得自己就要吐了。

安娜把车开进一片空旷的黄泥地,还没停稳就围上来一群小孩。陈言看着三个姑娘熟练地招呼小孩们排队领糖,边上围着几个抱着小孩的妇女,她们倒没有上来讨要。带来的一大包糖果很快发光了。一行人拎着带来的药品等东西徒步走向村寨。

这里的村寨基本都处于半原始状态,没有通电,没有自来水,仅有的一口井是联合国救援组织给打的,几个寨子共用。旱季有时连井水都打不上来,女人们只好去几公里之外的河里打水,再顶在头上运回家。河里的水浑浊不堪,污水、粪便都直接排入河中。

路边一个茅草屋前,一个女人在门口做饭。陈言走上前去,将带来的两瓶水递给她,女人站起来用英语说了两声谢谢。那是一个三块石头支起的灶台,上面架着一口锅，大概是个电饭煲内胆，里面熬着玉米糊糊一样的东西。四五个小孩围在锅旁，一个大一点的男孩正往石头中间塞砍来的灌木枝条，火苗噼啪作响，冒出呛人的烟。陈言正想掏出包里的面包，安娜未卜先知一般阻止了他："千万别掏出什么面包饼干之类的，要不然你立马会被一大群孩子包围，走都走不了。跟着我们走吧！前面就是了。"

诊所就在村公所边上。一行人先是到村公所拜访了这里的酋长，送上准备好的礼物。果然，传说中的清凉油在这里并不流行，他们对中国产的足球、钥匙扣等小玩意倒很是喜欢。酋长友好地同他们握手、拥抱，热情地赞许他们的工作，还希望他们能再出资修建一个诊所。越来越多的孕妇从周边的寨子远道而来，病情危重的需要在诊所住院，诊所目前只有二十几张床位，远远不能满足需求。安娜答应他们一定全力争取。

这倒真是一个好消息，越来越多的住在雨林深处的女人也选择到医院来生产了。

诊所比陈言想象中整洁多了。虽然不大，但五脏俱全，儿科、产科和预防接种科三个诊室一字排开。诊所门口放了张小桌子，每个来这里的孩子都要先量身高、体重，然后进入候诊区。候诊区里有专门负责健康宣传的当地医护人员，对等待就诊的女人和孩子普及健康常识。虽然在非洲这片神奇的土地上随处可见唱唱跳跳的人群，但在医院里看见一群病人们围在一起唱歌跳舞还真是头一回。

安娜钻进产科门诊后就再也没顾上陈言。这里的产科分为常规门诊、产房、产后观察室三部分。一般在门诊生产的孕妇要在观察室待24个小时,没有产后出血才被允许回家。

安娜她们在这里主要负责培训当地医护人员,发放免费药品,对五岁以下的儿童和怀孕的准妈妈提供免费的医疗服务。几年前的埃博拉疫情给这个国家带来了巨大冲击,但一切都在重新走上正轨。这里的医生最关注的依旧是疟疾等常见病,他们给每个病人做疟疾检测,一旦发现异常,便会立刻安排转院,用专门的车辆把病人送到安娜所在的弗里敦市区的治疗中心。上次下乡时,安娜就随车转送了一个刚出生不久,呼吸困难,不能吮吸母乳的宝宝,在那里他们花了一周时间治好了他,把他还给母亲时,他已经能够钻进母亲的怀里自己寻找乳头了。

同行的另一个丹麦姑娘在儿科诊所为孩子们挨个问诊,开药。克莱尔则钻进了产房,她是一名经验丰富的助产士,一个未婚姑娘接生的宝宝已经成千上万了。除了产科,安娜还要负责疟疾检测。一天下来,三个姑娘连口水都顾不上喝,更别提午饭了。非洲人是没有午饭一说的,她们都只好入乡随俗,六个月下来,掉个十几二十斤肉是家常便饭。

回去的路上，陈言当起了司机。这是他这辈子开过的最谨慎的一次车，他小心翼翼把着方向盘，尽可能避开泥坑和石块，车子依旧颠簸得厉害。三个姑娘竟然都睡着了，一路都没有醒来。

4. 新生的“奇迹”

最后一站，陈言来到了位于城郊的中塞友好医院。

2014年回国后，他格外关注那里的动向，中国卫生系统至今仍在派遣援非医疗队，四年来已经有二十多批队伍亲赴塞拉利昂了。特别是看了电影《战狼2》，他整整激动了一个晚上，电影中Dr. Chen的原型就是研发埃博拉疫苗的陈薇，她正在研发的埃博拉疫苗是人类战胜埃博拉病毒的希望所在。

重回非洲，再一次踏上中国人民解放军战胜埃博拉疫情的战场，陈言觉得自己像回到了热血的青年时代。曾几何时，当一名光荣的解放军战士也是他的理想与志向。

接待他的是一位姓侯的医生，他是中国第二十批援塞医疗队成员，全队来自湖南湘雅医院。一口地道的湖南话，让陈言倍感亲切，两人见面就聊上了湘菜，差点馋坏了侯医生。

了解了陈言的来意后，医疗队员们让他戴好防护口罩，来到一个特殊的病区。一个大病房里，整齐摆着几张病床，一个年轻女人躺在病床上，一个孩子躺在地上。队员们告诉他，这是埃博拉出血热后遗症患者病房。虽然一年多来埃博拉疫情已经销声匿迹，但跟这些曾经感染过的病患们接触还是有一定风险的。

医生们后来发现，即使在血液中被清除很久后，埃博拉病毒还能在人的眼睛内复制。眼球为病毒提供了安全的庇护所，使它能躲避免疫系统的干预。2014年9月，在塞拉利昂工作的美国医生伊恩·克洛泽感染了埃博拉病毒。他从一家美国医院出院后不到两个月，就觉得左眼十分疼痛，眼睛的颜色也从蓝色变成了绿色。当医生将一根针插入克洛泽的眼睛时，他们发现，眼球中的病毒数量比几周前血液中的还要多，而当时他已濒临死亡。

眼球并不是埃博拉病毒唯一的藏身之处。睾丸、中枢神经系统和关节软骨也能成为埃博拉病毒潜伏的地方。当免疫系统向外来入侵物开战时，身体有些关键结构可能会被免疫反应误伤。为了保护自己免受炎症侵袭，它们会采取抑制免疫的行为（释放免疫抑制分子或者制造物理屏障）。这些措施成了病毒的保护伞。这就可以解释为什么一些幸存者在症状消失后，还能在精液中检出病毒，并且还能持续好几个月。在西非疫情开始爆发时，世界卫生组织就警告人们，在埃博拉病毒血液检查呈阴性后，至少还要留意3个月，在此期间只能进行有保护的性行为。这个建议源自1995年刚果疫情中的一个案例，当时幸存者在埃博拉病毒检查呈阴性82天后，医务人员还是在他的精液中发现了病毒。

在经历死亡率极高的埃博拉病毒折磨后，幸存者并没有真正开启全新的生活，大脑认知功能障碍、失忆、关节疼、肌肉疼仍在摧残他们。

约瑟芬·卡瓦腆着大肚子走进中塞友好医院。2014年11月，在中国医生的帮助下，她成为顺利走出医院的埃博拉出血热幸存者之一，但很快严重的后遗症开始出现，关节剧烈疼痛，每走几步路就感觉自己要倒下。怀孕之后症状越来越严重，她不得不在草席上躺了几个月。

约瑟芬的母亲就是在这个治疗点去世的。四年前，护士用白色运尸袋将她母亲的尸体带走，尸袋上还工整地写着母亲的名字。除了母亲，她的父亲、阿姨和叔叔都死于埃博拉出血热。但是，约瑟芬从病毒感染中幸存了下来。现在，她的孩子即将出生，约瑟芬已事先为她的孩子想好了名字，叫作Miracle（奇迹）。

约瑟芬是塞拉利昂近2000名埃博拉出血热幸存者之一。与约瑟芬一样，幸存者们大都遭受失忆、关节痛、肌肉疼痛和眼疾的困扰。他们中有一半以上都患有肌肉和关节疾病，六成的人在一年后出现了眼疾甚至失明，七成的人患上了抑郁症，后遗症让他们生不如死。

医疗队员们的主要任务也从埃博拉疫情的防治转到对埃博拉疫情后遗症的治疗上。国内有大量的医生和科学家开始关注西非埃博拉疫情幸存者，研究如何减轻他们身体和心理遭受的折磨。

约瑟芬住在弗里敦的一处贫民区里，一天午夜，她突然惊醒，让她醒来的不是惯常性的关节痛，而是腹部的阵痛。她爬起来去解手。可是，当她擦拭身体的时候，却看见卫生纸上的血，她被吓坏了！“该死！我出血了！”她叫唤着丈夫的名字。丈夫打电话叫来了救护车，将她送进了中塞友好医院。

撕心裂肺的叫喊声震动了整个医院。当医疗队员们得知她四年前曾是这里救助过的埃博拉患者时，都倒吸了一口凉气。队员们立即对约瑟芬进行了埃博拉病毒检测，结果显示她是安全的，但医生们都清楚埃博拉病毒是有可能通过母婴传播感染胎儿的，这意味着这对母子眼前已经处在生死边缘，也意味着医疗队必须在严格防护的情况下展开救治。

情况危急，要保住胎儿必须马上进行剖宫产手术。但这谈何容易？在此之前，医生从未有过穿着防护服做手术的先例，穿着笨重又脆弱的防护服拿手术刀，怎么可能保证不发生意外?

而且中塞友好医院目前的条件跟国内还是没法比,唯一一台可手控呼吸的麻醉机在调试过程中,由于麻醉机内部橡胶老化破裂,几乎处于不可用的状态。手术室仅有一瓶20升的筒装氧,病人一旦呼吸抑制,可能连抢救设备都不够。情急之下,侯医生与现场医生护士商讨了一番,所有人穿上了防护服。

手术室里的惊心动魄,不曾亲历者不能还原十之一二。在巨大的风险与压力下,医生顺利完成了手术。“奇迹”诞生了,是个胖乎乎的小男孩。幸运的是,“奇迹”血液的埃博拉检测也呈阴性。

面对潜藏的埃博拉病毒,中国医疗队从未掉以轻心。无数惊心动魄的场景被队员们的专业、专注与细致一一化解。在这里,他们挽救了多少生命,让多少人减轻病痛,早已无法统计。

采访结束后,陈言爬上医院背后的山坡。

四栋黄白相间的小楼静静地伫立在群山之间,早已与这里合而为一。长长的山脊自北向南,绵延伸展。风从西面吹来,那是大西洋的季风,温暖潮湿。随风游荡的云彩,萦绕于山峦,或静悬于半空,或积聚于顶峰,化为雨水,滋润着脚下的红土与青山。薄暮时分,天色渐暗,当你凝视群山,天空中好像有一条银边勾出茫茫峰峦的轮廓。随着夜幕低垂，高耸的山脊被磨掉了棱角，隐没于夜色，与天、与海、与宇宙苍穹，融为一体。

站在非洲的青山上，陈言觉得自己和天地万物从未如此亲近过，仿佛有根看不见的纽带把所有的一切紧紧连在一起。在北京工作生活了十年，他从未有过这种体验。他忽然意识到过去四年中，心底深处有某种东西一直牵扯着他，像海里的回头浪一样拉拽着他。这里的群山，群山脚下的人们，我们的血也在他们周围奔流，我们因埃博拉疫情连接，并将永远相连在一起。

陈言为眼前的一切感动。

夜风拂面而来，凝望星空，流云飘过月亮。非洲的群山像是一卷长轴，在他面前徐徐展开，他要做的只是披星戴月地参阅。他知道他将一次一次来到这里，续写未完成的故事，他将带来自己的妻女，再次爬上这座山峰，再听山风瑟瑟，夜鸟啁啾。

图书在版编目（CIP）数据

拯救 : 中国援非抗击埃博拉疫情纪实 / 陈言著. -- 杭州 : 浙江教育出版社, 2020.9
ISBN 978-7-5722-0540-8

Ⅰ. ①拯… Ⅱ. ①陈… Ⅲ. ①报告文学－中国－当代 Ⅳ. ①I25

中国版本图书馆CIP数据核字(2020)第132149号

责任编辑 余理阳 郑 瑜 杨洁琳 余盈帆
美术编辑 韩 波 责任校对 李 剑 戴正泉
责任印务 沈久凌

拯 救——中国援非抗击埃博拉疫情纪实
ZHENG JIU ZHONGGUO YUANFEI KANGJI AIBOLA YIQING JISHI
陈言 著

出版发行 浙江教育出版社
(杭州市天目山路40号 电话:0571-85170300-80928)
图文制作 杭州兴邦电子印务有限公司
印 刷 浙江海虹彩色印务有限公司
开 本 850mm×1168mm 1/32
印 张 8.375
字 数 429 000
版 次 2020年9月第1版
印 次 2020年9月第1次印刷
标准书号 ISBN 978-7-5722-0540-8
定 价 78.00元